KB078223

밀우 판타지 장편 소설

FANTASY FRONTIER SPIRIT

천년용사

6

[완결]

도서출판 청어람

천년용사 6
밀 우 판타지 장편 소설

초판 1쇄 찍은 날 § 2014년 3월 21일
초판 1쇄 펴낸 날 § 2014년 3월 28일

지은이 § 밀 우
펴낸이 § 서경석

편집부장 § 권태완
편집책임 § 정수경

펴낸곳 § 도서출판 청어람
등록번호 § 제387-1999-000006호
등록일자 § 1999. 5. 31
어람번호 § 제1-1813호

주소 § 경기도 부천시 원미구 심곡2동 163-2 서경B/D 3F (우) 420-822
전화 § 032-656-4452 팩스 § 032-656-4453
http://www.chungeoram.com
E-mail § chungeorambook@daum.net

ⓒ 밀 우, 2013

ISBN 979-11-5681-946-2 04810
ISBN 978-89-251-3556-4 (세트)

밀우 판타지 장편 소설

FANTASY FRONTIER SPIRIT

[완결] 6

천년 용사

도서출판 청어람

천년
용사

CONTENTS

1장

오 우 거

로 드

저항군의 카디악 점령 소식을 접한 오우거 로드 우룰가는 진노했다.

"감히 여태까지 키워온 주인을 배신해? 한 놈도 남겨두지 않고 짓이겨 버리겠다."

이렇게 선언한 우룰가는 자신의 군대를 모조리 동원하였다. 무려 그 수는 10만에 이르렀고 오우거만 3만에 달했다.

먼저 카디악으로 향한 것은 인근에 주둔하고 있던 1만의 병력이었다.

"아래로 통하는 길목은 완전히 차단된 건가."

"예. 숲 사이에 난 오솔길조차도 완벽하게 차단되어 있었습니다."

"그렇군."

바이슨은 덤덤하게 말을 듣고 반응을 보였다. 그뿐만 아니라 곁에서 자리를 지키던 이델을 포함한 십여 명의 인물도 비슷한 반응이었다.

정찰병의 보고는 의외로 큰 충격은 아니었다.

애초에 카디악 함락 이후로 나흘이 지난 지금까지 도망치지 않고 있을 때부터 이 일은 예정되어 있었다.

"곧 있으면 그도 오겠군."

"전서구를 통해 전해진 정보에 따르면 각지에 흩어진 병력을 집결시키고 있다고 해요. 그들을 전부 규합해 도착하려면 최소 일주일은 걸리지 않을까 싶어요."

이올라의 말에 이델은 묘안이라도 떠오르기라도 하듯이 말을 꺼냈다.

"그럼 그전에 한 번 기회가 있을 것 같은데. 보다 확실한 작전 성공을 위해서 적 전력을 깎을 겸 아래에 진을 친 놈들을 공격해 봄이 어떨까."

"나쁘지 않은 생각 같습니다, 용사님."

"먼저 놈들의 기세를 꺾을 필요가 있지 않겠습니까. 저도 찬성입니다."

이델이 한 말에 몇몇이 강하게 동조했다. 하지만 바이슨은 고심을 하더니 반대 의견을 제시했다.

"자칫 무리해 공격했다가 적이 우리 의중을 따르지 아니하고 움직일까 걱정이 됩니다."

"흠, 그런가."

이델은 바이슨의 말에 잠깐 그럴 가능성을 생각해 봤다.

가능성이 적긴 하지만 상황이 악화될 수 있는 경우가 있다는 생각이 들었다.

"그렇다면 한 번 두들기는 것은 관둬야겠군."

"예. 지금은 예정된 계획에 따라 움직이는 게 좋을 듯싶습니다."

"그럽시다."

결정권은 자신에게 있었지만 이델은 바이슨의 의견을 따랐다.

그 후, 이델을 필두로 저항군들은 오우거 로드 우룰가의 군대를 맞이하기 위해, 카디악 내부에선 열심히 방어 준비를 갖춰 나갔다. 그렇게 열흘의 시간이 흘러갔다.

쿵!

거대한 전투 해머가 땅에 닿으면서 육중한 소리를 냈다.

황금으로 된 갑옷을 입은 우룰가는 시선을 들어 카디악으로 들어서는 도시 입구를 보았다.

"개미 새끼 한 마리도 빠져나가지 못했겠지?"

"물론입니다. 놈들은 독 안에 든 쥐새끼와 같은 신세나 다름없습니다, 로드."

"좋아."

우룰가는 잔학한 미소를 지어 보였다. 곧 그는 손을 들어 병력을 움직였다.

"간만에 실컷 피를 보겠군."

"크흐흐흐."

마족 병사들은 자신들이 질 것은 조금도 생각하지 않고 산 위로 거침없이 진격하였다.

초반부터 10만의 군대가 전부 움직인 것은 아니었다. 카디악으로 통하는 길이 한정되어 있기에 병력 이동에 제약이 있었던 것이다.

하여 제일 처음 선두에 나선 철갑으로 온몸을 감싼 오우거 병대였다.

"아예 장갑으로 떡칠을 했군. 게다가 대 마법 술식까지 새겨놓은 건가."

이델은 올라오는 약 2,000의 오우거를 보며 혀를 내둘렀다. 수 톤에 달하는 무게를 견딜 수 있는 오우거들이기에 가능한 무식한 전법이었다. 적의 전법이 뭔지는 간파했지만 문제가 있었다. 그것은 바로 이 전법을 깨트릴 방법이 마땅히 없다는 것이었다.

"저희에게 맡겨주십시오. 반드시 놈들을 격퇴해 보이겠습니다."

약 200명으로 구성된 엘프 궁수를 이끄는 리니엘이 나섰다. 그는 이노센트 라이트 소속으로 상당한 활 솜씨를 가진 엘프였다.

이런 산악 지대에서 엘프의 저격이면 적에게 큰 타격을 줄 수 있다. 이들에게 임무를 맡기는 게 가장 좋은 방법임을 인지한 이델은 리니엘에게 말했다.

"부탁할게."

"예."

리니엘은 바로 활을 든 엘프들을 이끌고 오우거들이 눈에 들어오는 곳에서 공격 준비를 갖췄다.

"전원, 사격 준비."

리니엘의 명령에 성벽 위에 줄지어 200명의 엘프 궁수는 화상을 재며 시위를 당겼다.

"실프여, 그대의 바람이 우리의 화살에 깃들게 해주십시오."

리니엘을 비롯한 엘프들은 저마다 계약된 바람의 정령 실프를 소환했다. 그리곤 화살을 날릴 때를 위해 도움을 요청했다.

이럴 때에 오우거 병대는 벌써 도시 입구까지 접근하였다. 이들 오우거들은 철판 같은 방패를 머리 위로 들고 쿵쾅 소리를 내며 앞으로 두려움도 모른 채 진격하였다.

"발사!"

리니엘의 명령과 함께 200대의 화살이 밖으로 날아갔다. 이들 화살들은 궤도를 그리며 지상으로 빠르게 낙하했다. 하지만 고작 평범한 화살이 오우거들이 입은 강철 갑옷을 뚫을 수 있을 것 같지 않았다.

하지만 이런 예상을 비웃기라도 하듯 화살들은 갑자기 기류를 타더니 보통이라면 불가능한 궤도로 바뀌어 날아갔다.

"쿠아악!"

"크워!"

선두에 섰던 오우거들에게서 비명이 들려 왔다.

화살은 유일하게 갑옷 밖으로 드러난 두 눈과 입을 노리고 날아든 것이었다.

이런 공격에 이십여 마리의 오우거 병사가 절명하거나 큰 부상을 입었다. 그 모습을 본 리디엘은 바로 두 번째 사격을 준비시켰다.

"실프여! 적의 가장 아픈 곳으로 날아갈 수 있게끔 바람을 일으켜 주십시오."

다시 발사된 화살들. 이번에 어김없이 현란하게 휘어지는 궤적을 그리며 방패 너머로 숨겨진 오우거의 머리 부분에 정확히 명중하였다.

비록 피해는 크다 할 수 없지만 오우거 병대의 움직임을 둔하게 할 수는 있었다.

"뭣들 하는 것이냐! 고작 화살 따위에 두려워해 진격을 멈춰? 당장 지휘관의 목을 효수해 내게 가져와라."

"진, 진정하십시오, 로드."

오우거 로드 우룰가의 주변에 있던 참모와 장군들은 폭급해하는 그를 힘겹게 달랬다.

화살 공격에 발이 묶인 오우거들을 엄호하기 위해 마법사들이 나섰다.

"프로텍트 프롬 미사일."

"윈드 배리어."

병사들 주변으로 방어의 주문이 펼쳐졌다. 게다가 투지를 불사르게 하는 정신 계통 마법까지 걸어주자 오우거들은 날아오는 화살을 두려워하지 않고 다시금 전진하기 시작했다.

이델은 그것을 보고 급히 다른 이에게 도움을 청했다.

"드워프 여러분들이 나설 차례입니다."

"안 그래도 목 빠지게 기다리게 있었습니다, 용사님!"

이델의 말에 대답을 한 이는 그론트라는 이름을 가진 드워프였다. 그는 이곳에서 노예 생활을 한 드워프들 중에서도 우두머리 역할을 했던 인물로 지금은 저항군의 지휘관이 되었다.

그론트는 바로 뒤로 돌아 성벽 뒤쪽 아래에 모여 있던 드워프에게 수신호를 보냈다.

수백에 달하는 드워프들은 곧장 지난 시간 동안 급조해 만든 투석기에 바위를 올렸다.

쿠웅.

투석기에 쏘아진 수십여 개의 바위덩어리가 공중을 날아 밑에서 진격 중인 오우거 병대에게로 떨어졌다. 직접적인 충돌로 인해 수십이 깔려 죽고 그보다 많은 숫자가 비탈길을 굴렀다.

그럼에도 불구하고 적의 진격은 멈추지 않았다.

그 모습을 성벽 위에서 본 이델은 혀를 차며 말하였다.

"질릴 정도로 터프한 녀석들이군."

"우룰가가 자랑하는 정예부대답군요. 아무래도 저희가 나서야 할 것 같습니다."

"아직 이곳을 넘게 내버려 둘 수는 없으니 그럴 수밖에 없나."

이델은 성검을 뽑으며 곧장 성벽 아래로 뛰어내렸다. 이어 바이슨과 이올라도 차례로 지상으로 내려가 이델의 뒤를 따랐다.

그들 앞으로 철갑을 두른 오우거들이 득달같이 달려들었다.

"크오오오."

"와라!"

이델은 자신의 머리를 노리고 무지막지하게 휘둘러지는 철퇴를 피하면서 상대의 허리를 양단했다.

하늘빛의 궤적이 연달아 그려지고 이델이 지나는 곳마다 피가 뿌려졌다. 이에 질세라 뒤따라 바이슨과 이올라도 오러를 전개해 오우거들을 베었다.

"기껏해야 세 명이다. 놈들을 포위해라."

"크오오!"

오우거들은 자신들의 덩치를 이용해 세 사람을 에워싸 사방에서 공격을 하기 시작했다.

"공파참!"

"스톰 디바이드!"

오우거들을 향해 오러 스킬이 난사되었다. 갑옷이 부서뜨리고 육체를 베어내 적의 수를 줄였지만 상황은 점점 좋지 않게 되었다.

그것을 본 하프만은 성벽 아래로 뛰어내리면서 자신의 몸에 걸린 마법을 해제했다. 그 모습에 뒤따라 다른 거인족 전사들도 전투에 가세했다.

제일 먼저 나섰던 하프만이 오우거를 베며 포위에 빠졌던 삼인을 구해냈다.

"우리도 돕겠네!"

"딱 맞춰 오서주셨군요, 하프만 님."

포위망의 한 축이 무너지면서 여유가 생긴 이델은 하프만에게 등을 맡기고 정면의 적만을 상대했다.

수십의 거인족이 본연의 모습으로 싸움에 가세하면서 오우거 병대는 더 이상 전진을 하지 못하였다.

"크악!"

갑자기 거인족 전사가 비명과 함께 쓰러졌다.

그 뒤로 연달아 두 명의 거인족 전사가 똑같이 큰 부상을 입고 쓰러지는 것이 보였다.

이 모습을 싸우는 경황 중에도 보게 된 이델은 이내 뭔가를 보곤 흠칫 놀랐다. 그러더니 급히 몸을 날렸다. 그가 향한 곳은 바로 하프만이 싸우는 곳이었다.

'닿아라!'

이델은 힘껏 몸을 날리며 간절히 염원했다.

카앙!

성검에 의해 거대한 삼지창이 걸려 가로막혔다. 뒤엉킨 두 개의 무기는 잠시 서로 맞물렸다가 떨어졌다.

"음?"

뒤늦게야 자신이 위기에 처했다는 사실을 안 하프만은 자신을 노렸던 상대를 보았다.

이델 역시 같은 상대를 보고 있었다.

삼지창을 든 다른 오우거들과 달리 갑옷을 걸치지 않은 오우거였다. 범상치 않은 기운이 상대에게서 전해져 왔기에 이델은 단박에 상대 정체를 눈치챌 수 있었다.

"오러 유저인 것 같군."

"……."

반응을 보이지 않고 무표정하게 이쪽을 보는 상대는 강해 보였다. 이델은 쓴 미소를 거두고 진지한 표정을 지었다.

                    *   *   *

먼저 파공음을 내며 삼지창이 직선으로 찔러왔다. 몸을 비틀어 옆으로 그것을 흘려보낸 이델은 바로 반격을 취했다.

날카로운 연격이 뿌려졌지만 상대는 오우거의 움직임이라고는 볼 수 없는 민첩한 움직임으로 전부 피해내며 다시금 찌르기를 날렸다.

환영처럼 나눠진 무수한 찌르기가 전신을 노리고 오자 이델은 급히 뒤로 몸을 피해야 했다.

"조심하게!"

들려온 하프만의 목소리는 이델에게 위험을 알려왔다.

제자리에서 공중을 뛰어오른 이델은 아래를 내려다봤다. 방금 서 있던 자리를 향해 무기를 휘두른 오우거들을 본 그는 아래를 향해 검 끝을 겨눴다.

"스카이 레인!"

쏟아지는 오러의 파편들이 아래에 위치해 있던 오우거들을 갈기갈기 찢었다.

시체의 위로 착지하는 이델을 향해 다시금 삼지창이 찔러 들어왔다. 삼지창이 노린 건 바로 이델의 머리였다.

'큭! 이대로라면 당한다.'

이미 피하거나 막기엔 늦었다. 찰나에 죽음을 각오하려는데 갑자기 옆에서 녹색 오러를 담은 대검이 날아들었다.

투캉!

삼지창을 위로 올려친 이올라는 곧장 횡으로 대검을 휘둘렀다. 이에 오우거는 적갈색 오러를 끌어 올려 방어를 하며 뒤로 물러났다.

지면에 안착한 이델은 식은땀을 손등으로 훔치며 자신을 도와준 이올라에게 감사를 했다.

"구해줘서 고마워."

"천만에요."

이올라는 대답을 하고는 물러난 적 오러 유저를 향해 검 끝을 향하였다.

졸지에 상대하던 적을 빼앗기게 되었지만 이델은 개의치 않고 이올라의 반대편으로 향하였다.

"녀석을 맡길게."

"예."

다수의 적을 상대하는 데 자신이 더 적합하다고 판단했고 또 이올라가 저 상대에게 질 것이라고 생각하지 않았기에 교대를 한 것이었다.

두 사람은 곧 누가 먼저라고 말할 것 없이 서로 반대편으로 뛰었다.

"뇌공검!"

신기술을 펼치며 이델은 앞을 가로막은 적들을 베고 또 베었다. 이런 그를 막고자 오우거들은 육탄전을 노리고 일제히 덤벼들었다.

순식간에 포위될 위기에 처한 이델은 바로 마력을 끌어 올렸다.

"체인 라이트닝!"

전개된 뇌전이 오우거들의 움직임을 둔화시켰다. 이 틈을 놓치지 않고 검광과 뇌광을 함께 곁들인 검의 움직임으로 갑옷 사이를 파고들어 큰 상처를 주는 데 성공하였다.

한 명, 한 명에게 집중하기에는 적이 너무 많기에 이델은 끊임없이 움직이며 적의 전투력을 깎는 데 주력했다.

이런 식으로 이델은 수십의 오우거를 전투 불능으로 빠트렸다. 여기에 거인족 전사들의 분투가 더해지니 오우거들은 더 이상 처음의 기세를 계속 유지할 수 없게 되어버렸다.

이 기회를 그냥 놓칠 수는 없었기에 바이슨은 도시 쪽으로 정해진 신호를 보냈다.

"우와아아!"

함성 소리가 들리더니 열려진 문을 통해 수천에 달하는 병력들이 쏟아져 나왔다. 이들 대부분은 불과 얼마 전까지만 해도 노예 노동자 신분이었던 드워프였다.

마왕군을 위해 만들어진 무기들은 이제 드워프들의 무기가 되어 있었다.

그뿐만이 아니었다. 사기 또한 충만해 과거 조상들이 보였던 드워프 전사의 긍지와 투지를 한껏 드러내며 이들은 과감하게 자신들보다 월등히 강한 오우거 병사들에게 달려들었다.

"흐럇!"

"이거나 먹어랏!"

자신보다 훨씬 큰 상대에게 드워프들은 집단으로 달라붙어 우선 하반신부터 공략했다. 해머와 도끼로 있는 힘껏 내려치니 강철로 된 다리 보호구도 오래 버티지 못했다.

먼저 방어구를 무력화시키고 다리의 힘줄을 노리고 공격을 하니 제아무리 오우거라도 버틸 재간이 없는 일이었다.

"난쟁이들 따위가!"

오우거 병사들은 그런 드워프들을 상대로 무기를 휘둘렀다. 한 번 무기가 휘둘러질 때마다 둘 또는 셋이나 되는 드워프가 피를 뿌렸다.

동료들이 희생되어 감에도 불구하고 드워프들은 집요하게 하반신을 공략했고 결국 하나둘씩 쓰러뜨려 나갈 수가 있었다.

"후, 후퇴다!"

드워프 병력이 합세함으로써 피해가 커지고 더는 진격할 수 없게 된 오우거 병대는 지휘관의 명령하에 후퇴를 하기 시작했다. 산 아래로 후퇴를 하기 시작한 그들을 향해 도시 쪽에서 마법과 투석기로 쏘아진 바위들이 날아들었다.

결국 수백이 넘는 오우거가 죽거나 크게 다쳐 사실상 전멸에 가까운 상태로 적은 후퇴했다. 저항군 측도 열 명의 거인족 전사와 적지 않은 수의 드워프를 잃어야 했다.

이렇게 군대 대 군대의 싸움은 일단락이 되어갔다. 허나, 아직 끝나지 않은 싸움이 있었다.

*   *   *

이텔을 대신해 오러 유저인 오우거를 상대하게 된 이올라는 한껏 자신의 기량을 끌어 올린 상태로 전투에 임했다.

챙! 챙!

긴 창이 쉴 틈 없이 날아오는 것을 일일이 받아쳐 내며 이올라는 옆으로 파고들고자 했다. 허나, 상대는 그 의도를 잃고 긴 창대를 옆으로 휘둘러 왔다.

이에 이올라는 땅을 박차 창대를 피하였다.

그 모습에 계속해서 묵묵히 창을 휘둘렀던 오우거가 입을 열었다.

"인간 여자, 제법이다."

"……."

"하지만 나 쿠우툰의 상대는 안 된다."

확언하듯 말을 한 오우거 오러 유저 쿠우툰은 적갈색 오러를 창에 회전시키듯 끌어내었다.

"크오오!"

쿠우툰은 자신의 거대한 몸을 투포환처럼 앞으로 날렸다. 일점에 집중된 가공할 기세의 공격이 이올라를 노렸다.

전력을 다한다고 해도 막을 수 없을 것 같았다. 순간의 판단이 생사를 결정 지을 수 있는 순간이었다.

콰아앙!

대폭발과 함께 땅에 거대한 구덩이가 만들어졌다. 허나 방금 전만 해도 그 장소에 있던 이올라는 없었다.

공격받기 직전에 자리를 이탈한 이올라는 녹색의 잔영을 만들며 쿠우탄의 배후를 노리고 일격을 펼쳤다. 허나, 파공음을 내며 크게 휘둘러진 창대에 막혀 공격을 실패하고 말았다.

공격 실패 후 물러나 태세를 정비하면서 이올라는 대검을 정면으로 세웠다.

쿠우툰은 창을 고쳐 잡으며 말을 하였다.

"그걸 피하다니 놀랍다. 인간 여자, 투사라 불리기에 부족함이 없다."

"칭찬으로 받아들이죠."

보통의 오우거와 다르게 상대에 대한 칭찬을 아끼지 않는 쿠우툰의 태도에 이올라는 말을 처음으로 받아주었다. 하지만 그렇다고 갑자기 둘 사이가 화기애애해진 것은 결코 아니었다.

이올라는 승리를 위해 자신의 대검에 오러를 한껏 집중시켰다. 녹색의 광풍이 대검에 감돌자 곧 그녀는 쿠우툰을 향해 정면으로 달려들었다.

자신을 향해 접근한 이올라를 상대로 쿠우툰은 삼지창을 곧장 찔러 넣었다.

곧 둘은 서로를 향해 마주 달려갔다. 그리고 중간에게 격돌했다.

정면으로 쇄도해 오는 삼지창의 창날 사이로 대검의 날이 걸린다. 상대의 악력이 고스란히 전해지는 가운데 이올라는 혼심의 힘을 쏟아 살짝 대검을 틀어 창이 실린 힘이 자신에게서 약간 빗겨나게끔 했다. 그러자 한 점에 집약된 오러 또한 방향을 잃고 말았다.

콰가가각!

땅에 거대한 흔적을 남기며 오러가 길게 뻗어나갔다.

상대의 공격이 자신을 빗겨 나간 틈을 노리고 이올라는 봉쇄된 자신의 대검을 과감히 포기하고 직접 주먹으로 쿠우툰의 복부를 강타했다.

"커헉!"

쿠우툰은 본인도 모르게 신음을 토해냈다.

아무리 여성의 몸이라도 오러 유저의 강권을 받았으니 충격이 컸던 모양이었다.

상대의 허리가 앞으로 꺾인 것을 보며 이올라는 상대 창과 얽힌 자신의 검을 빼내며 기술을 펼쳤다.

"스톰 브레이크!"

녹색의 섬광이 쿠우툰을 향해 번쩍였다. 지척에서 날아든 기술이었다. 피하기엔 너무 늦은 뒤였다. 피가 튀고 쿠우툰의 상반신에 검상이 남겨졌다. 그러나 생각 외로 큰 상처는 아니었다.

이 사실을 눈치챈 이올라는 바로 경계 태세를 취하며 거리를 벌렸다.

"크우어어."

쿠우툰은 고통을 참으며 오러를 상처 부위에 집중해 지혈을 하고 고통을 임시적으로 잊도록 조치를 한 후에 이올라를 보았다.

보통의 오우거였으면 이런 상황에 몰릴 때 이성을 잃고 날뛰었을 것이다. 허나 쿠우툰은 그러지 않았다.

"내게 한 방 먹이다니 대단하다."

감탄을 표한 쿠우툰은 이제껏 한 손으로만 쥐던 창을 두 손으로 잡았다. 그러자 놀랍게도 그의 기세가 더욱더 날카롭고 위협적으로 바뀌었다.

이것은 이제까지 전력을 다하지 않고 있었다는 것을 의미했다.

"쿠어어어!"

쿠우툰은 도약해 아래를 향해 힘껏 창을 찔러 넣었다.

콰앙!

이올라가 피한 지면에 창이 꽂히면서 순간 일대의 지면이 쩍쩍 갈라져 제멋대로 위로 솟구쳤다.

이 와중에 이올라는 솟아난 바위를 베며 그 뒤에 있는 쿠우툰을 노렸다.

"어림없다!"

자신을 향해 수평으로 날아든 오러의 참격을 창을 찔러 분쇄하며 쿠우툰은 양손으로 창대를 잡고선 쏟아내듯 연속으로 찌르기를 펼쳤다.

그 찌르기가 닿은 바위들은 주먹보다 작은 돌조각으로 분쇄되며 흩어져 갔다. 이러한 위력의 찌르기를 피하기 위해 이올라는 연신 옆으로 이동하였다.

그런 그녀를 포착한 쿠우툰은 창대를 힘껏 뒤로 젖혔다.

"용격일살!"

창이 앞으로 뻗쳐 나오는 것과 동시에 쿠우툰의 최강 기술이 펼쳐졌다. 그러자 사람 한 명은 가뿐히 집어삼킬 수 있는 적갈색의 기둥이 이올라를 향해 날아들었다.

지금까지와는 비교도 안 될 엄청난 위력의 이 공격을 피하기에는 너무 늦은 상태였다.

이올라가 선택할 수 있는 수는 한 가지뿐이었다.

녹색의 오러가 소용돌이치듯 대검에 집중되고 그 규모를 키워갔다.

"격풍의 질주!"

이올라는 주저 없이 앞으로 검을 힘껏 휘둘렀다. 그러자 소용돌이치던 오러는 거대화되면서 앞으로 나아갔다.

각각 상대를 향해 날아든 두 기술은 중간에서 충돌했다.

콰드드득.

한 치도 밀려나지 않겠다는 듯이 두 힘이 충돌하는 지점에선 밀고 당기기가 이뤄졌다. 소용돌이치는 이올라의 오러가 기둥을 집어삼키려 하지만 쿠우툰의 응축된 오러는 호락호락하게 자신을 내주지 않고 계속해 앞으로 밀고 나가려고 하였다.

어느 쪽도 쉽게 우세를 점하지 못하는 이 상황에서 이올라는 마지막 비장의 카드를 꺼냈다.

"스톰 블레이드."

이델의 기술인 창공검을 보고 최근에 새로 완성한 기술을 펼친 이올라는 바로 허공으로 날아올랐다. 이를 올려다 본 쿠우툰은 급히 펼친 힘을 거두고 허공으로 향해 무수한 창의 잔상을 만들어냈다.

이올라는 과감히 그러한 창의 잔상 사이로 뛰어들며 앞으로 검을 그었다.

퐛!

갑옷이 베여지고 얼굴에도 상처가 남겨졌지만 그것은 중요한 문제가 아니었다.

폭풍과 비견될 수 있는 강대한 힘을 하나로 응축된 상태에서 휘둘러진 대검은 곧 쿠우툰의 삼지창과 격돌했다.

"크오오!"

쿠우툰은 기합 소리를 내며 이올라의 일격을 버티려 했다. 하지만 그의 무기인 삼지창이 견뎌주지 못했다. 삼지창의 날 하나가 잘리는 데 이어 나무가 아닌 철로 된 창대 또한 무참히 베여져 나갔다.

땅에 발이 닿기 무섭게 이올라는 쿠우툰을 향해 다시 한 번 대검을 있는 힘껏 뻗었다.

그 검 끝은 정확히 쿠우툰의 심장을 파고들었다.

"크우, 내가… 졌다."

마지막으로 패배를 인정하는 말을 꺼낸 쿠우툰은 그대로 앞으로 쓰러졌다.

승리가 이올라에게 돌아감에 따라 저항군의 사기는 크게 치솟았다. 하지만 이것으로 모든 싸움이 끝난 게 아니었다.

"못난 것들."

야외에 준비된 호화스런 옥좌에 앉아 상황을 쭉 지켜본 우룰가는 의외로 처음처럼 흥분하는 모습을 보이지 않았다. 그저 이글거리는 시선으로 도시를 볼 따름이었다.

그 모습에 주변에 있던 자들은 벌벌 떨며 고개를 숙일 따름이었다.

우룰가는 강대한 마력을 뿜어내며 그 카리스마를 드러냈다.

"하찮은 종족들에게 수치를 받는 것은 한 번으로 족하다. 내가 직접 나서 저들을 징벌하겠다."

"로드시여."

"저희에게 다시 한 번 기회를."

부하들이 만류했지만 우룰가는 고집을 꺾지 않았다.

오우거 로드 우룰가의 출진은 다음 전투가 더욱 치열해질 것을 예고하고 있었다.

* * *

날이 바뀌고 우룰가의 군대는 다시금 카디악을 향한 공격을 재개했다.

"쿠아!"

"성벽을 넘어라."

한층 강해진 공세 속에서 성벽을 지키기 위해 저항군은 필사의 노력을 펼쳤다. 압도적인 수적 열세에 놓인 상황이지만 지형의 우세함을 이용해 싸우니 그럭저럭 호각세를 유지할 수 있었다.

그러나 이 균형은 우룰가의 개입이 시작됨에 따라 깨지게 되었다.

"샤이닝 블라스터!"

강렬한 섬광이 성벽을 직접 노리고 날아든다. 미리 펼쳐둔 방어 주문이 그것을 막아보지만 섬광에 깃든 힘은 어마어마해 끝내 버티지 못했다.

쾅!

"성, 성벽이…!"

"저 정도 주문으로 성벽에 구멍을 내다니. 엄청난 마력을 가지고 있잖아."

성벽 위에서 병사들을 도와 항전 중이던 이델은 기가 찬 표정으로 방금 전의 공격에 의해 뻥 뚫린 성벽을 보았다.

오우거 로드 우룰가가 대마법사라는 사실은 이미 알고 있었지만 이 정도로 엄청난 마력을 가진 줄은 몰랐기에 충격은 컸다.

'로드라는 칭호를 부여받은 존재의 힘이 이 정도라는 건가.'

전에 상대한 고블린 로드 볼프도 그렇고 우룰가 역시 엄청난 강자라 할 수 있었다.

우룰가의 참전이 상황을 충분히 바꿀 수도 있는 일이었다.

'애당초 놈의 참전은 우리가 바라던 목표였던 것이고 이런 상황이 되리라는 것도 예상했던 일이다. 이 정도 힘든 것쯤은 가뿐히 이겨내야겠지.'

이델은 속으로 그리 생각하며 다시금 싸움에 전념했다.

"라이트닝 스톰!"

"록 블라스터!"

"파이어 볼!"

우룰가 뒤를 따라 오우거 마법사들이 지팡이를 들며 일제히 마법을 발사했다. 그 모습을 보곤 이델은 다급히 마법을 구사했다.

파앗!

이델이 펼친 보호막이 마법들이 막았다. 허나 막을 수 있는 것은 거우 일부분이었다.

"마나의 수호가 이 땅에 임하니 그 힘은 모든 것으로부터 지킴이가 된다."

마법 영창이 끝나기 무섭게 이델의 것보다 몇 배는 더 튼튼한 마법 방호가 성벽을 지켰다. 대마법사의 위계를 가진 로위나의 힘 앞에선 마족 마법사들이 펼친 마법들은 허망이 사그라졌다.

모든 마법이 사라지자 로위나는 턱 아래로 떨어지는 땀도 닦아내지 못할 정도로 지친 상태로 말을 하였다.

"하아, 하아. 정말이지 지치네."

"조금만 더 분발해 주세요."

마법사들을 지키는 임무를 맡은 이올라의 말에 로위나는 힘든 와중에도 희미한 미소를 지었다.

그러나 아직 안심할 수 있는 상황이 아니었다.

"하찮군, 이 정도 공격에 허덕이다니."

우룰가는 그리 말하곤 다시금 마력을 끌어내 마법 영창에 들어갔다.

거대한 마력의 움직임이 이델이 멀리 떨어져 있는 우룰가를 노려보았다.

"지금 이 마력은……!"

"혼돈의 힘이여, 모든 것을 파멸시키는 궁극의 힘이 되어 강림하라. 카오틱 블래스터!"

우룰가의 마력에 의해 만들어진 시커먼 어둠이 성벽을 향해 쏘아졌다. 그 크기는 성벽을 집어삼킬 정도로 컸다.

그걸 본 이델은 큰 소리로 외쳤다.

"모두 힘을 모읍시다!"

"알겠네!"

"예!"

이델을 필두로 삼인의 오러 유저는 각각 오러를 자신의 애병에 집중시켰다. 그리고는 검은 파괴의 힘을 향해 그것을 휘둘렀다.

휘둘러진 궤적을 따라 서로 다른 색상의 오러가 뿜어져 나갔다. 거대한 마력과 오러들이 허공에서 충돌하였다. 그러자 엄청난 광풍과 힘의 여파가 사방으로 미쳤다.

"크롸아아!"

성벽을 향해 진격하던 마족들이 비명을 지르며 산비탈 아래로 굴러 떨어졌다.

"으악!"

"날아가기 싫으면 모두 어디든 꽉 붙잡아!"

성벽에 있던 저항군들도 힘의 여파에 날아가지 않게끔 혼신의 힘을 다해 뭐든 붙잡고 버티는 모습을 보였다.

어느 정도 팽팽하던 힘의 충돌이 어느 지점에 이르자 급기야 대폭발이 상공에서 펼쳐졌다. 그 폭발은 지면에 거대한 구덩이를 만들고 수백이 넘는 마족을 소멸시킬 정도의 위력을 드러냈다.

만약 로워나를 비롯해 마법사들이 보호의 주문을 성벽에 겹쳐 펼치지 않았다면 성벽도 한순간에 무너졌을 것이었다.

"간, 간신히 막았군."

"정말이지 위험했습니다. 우리 세 사람의 힘을 쏟아 넣었는데 겨우 막을 정도라니……, 로드의 힘이 가진 강함이 이제야 어느 정도인지 알 수 있을 것 같군요."

"하지만 이걸로 놈도 꽤 마력을 허비했어. 오늘 하루는 이와 같은 마법을 다시 펼치기 어렵겠지."

이델은 마법사로서의 지식을 토대로 말을 하곤 성벽 앞에 남겨진 거대한 구덩이를 보았다.

앞뒤 가리지 않고 날린 이 공격 덕분에 마족들이 잠시 공격을 멈췄고 그사이 저항군은 시간을 벌고 휴식을 취할 수 있었다.

"여기 물이에요."

"어, 고마워."

이델은 이올라가 전해준 물통을 받아 목을 축였다.

어제도 그렇고 오늘도 무리하게 힘을 끌어내 계속 쓰니 체력 소모가 이만저만이 아니었다.

'그래도 버텨야 돼.'

적어도 밤이 될 때까지 이 성벽을 내줘서는 안 된다.

오우거 로드 우룰가를 토벌하기 위해 준비한 작전을 머릿속에 떠올리며 이델은 조금이라도 더 힘을 비축하는 데 최선을 다했다.

다른 이들도 마찬가지였다. 얼마 안 되는 시간을 허투루 낭비하지 않고 부지런히 곧 닥칠 다음 공격을 대비하는 모습을 보여주었다.

산이 결코 높다고 할 수 없고 적에게 포위되어 탈출도 장담하기 힘든 전투를 치르고 있지만 모두에게서 불안감이나 두려움은 조금도 찾아볼 수가 없었다.

"다들 열심히들 해주고 있네."

"살아남기 위해, 그리고… 이기기 위해 다들 최선을 다하는 거예요."

"맞는 말이군."

이델은 자신의 말에 맞장구를 친 이올라를 보며 피식 웃었
다.

이올라는 바람에 의해 휘날리는 머리를 옆으로 쓸어 넘기
며 도시 쪽을 내려다보고 있었다. 그녀가 보는 곳에는 하나같
이 희망을 잃지 않고 싸움을 준비하는 이들이 있었다. 그중에
는 열심히 돌을 나르는 하프만이나 열심히 자신의 손톱을 가
다듬는 캐넌도 있었다.

앉았던 자리에서 일어나며 이델은 불현듯 말을 내뱉었다.

"모두에게 더욱 힘을 낼 수 있는 계기를 내가 만들어줘야
겠군."

"이델 경?"

의아해하는 이올라의 옆에 나란히 선 이델은 힘을 주어 소
리쳤다.

"이제껏 다들 열심히 싸워줘서 고맙다. 덕분에 지금까지
잘 버틸 수 있었다. 아직 조금 더 힘든 고비를 넘겨야겠지만
그대들과 함께라면 그 어떤 고비도 넘길 수 있을 것 같다고
난 믿고 있다."

"용사님……."

"자아, 모두들! 앞으로 마지막까지 날 믿고 싸워줘. 그럼

반드시 내가 모두에게 희망의 길을 열어주겠어!'

조금의 거짓도 엿볼 수 없는 진솔한 이 목소리는 이올라뿐만 아니라 성벽 위, 그리고 성벽 밑에 있던 이들에게까지 전해졌다.

잠시 말이 끝나고 정적이 흘렀다.

솔직히 이런 장황한 용사론을 펼치는 게 쑥스럽다. 하지만 이러한 것으로 모두의 희망을 키울 수 있다면 그걸로 충분하다.

"오오! 역시 용사님!"

"암요. 오우거 로드 따윈 겁 안 납니다."

이델의 말은 확실히 큰 효과를 불러 일으켰다.

말 몇 마디로 모두의 투지와 사기를 한층 더 끌어 올리는 데 성공한 이델을 보며 이올라는 생각했다.

'희망. 지난 수십 년간 마족과 사투를 벌이면서도 누구도 함부로 꺼내지 못했던 이 단어를 저 남자가 하는데 다들 당연하다는 듯이 받아들이고 있어. 이게 바로 용사라는 특별한 존재가 가진 힘일까. 아니면……'

이올라가 이런 생각을 하는 사실을 모르는 이델은 중천에 뜬 해를 올려다보며 중얼거렸다.

"앞으로 6시간 정도 남은 것인가."

이 시간을 어떻게 버티느냐가 앞으로의 향방을 결정짓게

될 것이었다.

*　　　　*　　　　*

"이번에야말로 성벽을 함락시켜야 한다."

"쿠오오오!"

엄청난 숫자의 마족이 다시금 진격을 개시하였다. 이들은 앞서 켜켜이 쌓인 시체들을 밟으며 성벽 가까이까지 올라왔다.

수천이 넘는 군대가 앞서 올라가는 모습을 우룰가는 팔짱을 끼고 지켜보았다.

이번 공격이 다섯 번째였다. 단 하루도 지체하지 않겠다는 강경한 우룰가의 뜻에 의해 단 하루 동안 연거푸 이뤄진 공격인지라 진격하는 마족 병사들에게서 짙은 피로를 찾아볼 수 있었다.

쉬잉!

접근하는 마족 병사들을 향해 무수한 화살이 날아들었다.

"키엑!"

"계속 나아가라. 주저하는 자는 목을 칠 것이다."

지휘관들의 섬뜩한 독려에 마족 병사들은 죽기 살기로 성벽으로 돌진했다.

지난 네 번의 공격 때마다 격렬한 저항을 받아 번번이 성공의 기로를 실패를 맛봤던 터라 상당한 각오를 하고 밀고 올라온 우룰가의 부하들이었다. 그런 기세 때문일까. 이전과 다르게 파죽지세로 성벽까지 진입하는 데 성공했다.

이러한 상황임에도 불구하고 저항군의 반격은 미진했다. 계속된 전투로 한계에 봉착했다고밖에 볼 수 없는 상황이었다.

"캬!"

마침내 성벽에 오른 고블린 병사가 검을 꼬아들고 좌우로 고개를 돌렸다. 그런데 이상했다. 분명 있어야 할 적의 모습이 보이지 않았던 것이다.

차례차례 성벽에 오른 다른 마족 병사들도 이 상황에 당황해하는 것은 마찬가지였다.

이때, 하늘을 날아 성벽을 넘은 이가 있었다.

"쥐새끼 한 마리도 보이지 않는군."

비행 주문으로 성벽을 단번에 넘은 우룰가는 성벽 주변은 물론 도시 내에서도 인기척이 전혀 느껴지지 않는 것에 의아함을 품었다.

그러는 사이 도시로 들어오는 문이 열리고 무수한 숫자의 병사들이 안으로 들어왔다.

우룰가는 안으로 진입한 병사들을 멈춰 세우고 전방을 노려보았다. 그는 곧 이 도시에 대해 아는 자를 불러들였다.

"로드시여."

"이 도시를 빠져나갈 다른 통로가 있는가."

"없, 없습니다. 삼면이 깎아지는 절벽인데 어떻게 탈출을 하겠습니까."

몸을 바싹 엎드린 상태로 대답하는 자를 잠시 노려본 우룰 가는 다시 앞을 보며 눈살을 찌푸렸다.

"그럼 그 많던 노예 놈들이 다 어디로 간단 말이냐."

"로드, 제가 정찰을 다녀오겠습니다."

휘하에 두고 있는 부하 중 하나가 손수 나서서 정찰을 자처 했다.

마다할 이유가 없었기에 우룰가는 그를 도시 안쪽을 보냈 다. 시간이 흐르고 정찰을 갔던 부하가 돌아와 보고를 해왔 다.

"아무래도 놈들은 광산 쪽으로 몰려간 것 같습니다. 도시 의 건물들에서는 아무도 찾아볼 수 없었고 광산으로 통하는 도로에 다수의 발자국이 찍혀 있는 것을 볼 수 있었습니다."

"광산이라고?"

"예, 그렇습니다."

부하의 말에 우룰가는 턱을 손가락으로 쓰다듬으며 생각 에 잠겼다.

이때, 마법사 로브를 입은 부하가 조심스럽게 말을 하였다.

"더 이상 우리 군의 공격을 버티지 못하니 도시를 포기하고 광산으로 기어 들어간 게 아니겠습니까."

"도망칠 길도 없는 그곳에 들어가서 뭘 어쩌겠다고 그런 행동을 한다는 거지?"

"필시 우리 군의 공격을 마지막까지 버틸 수 있는 곳이 광산이라고 판단한 것이겠죠."

"흐음."

최후의 일인까지 싸우기 위해 광산을 마지막 싸움터로 정했을 것이라는 부하의 말에 우룰가는 반신반의하는 마음을 품었다.

단순하게 받아들이기엔 못내 마음 걸리는 부분이 있었던 것이다. 이런 우룰가의 생각을 모르고 주변에 있던 부하들은 서로 나서며 말을 해왔다.

"제가 놈들을 한 마리도 남기지 않고 섬멸시키겠습니다."

"아니, 제가 나서면 오늘 하루면 끝을 낼 수 있습니다."

마지막으로 큰 공적을 쌓으려는 지휘관들의 모습에 우룰가는 결정을 내렸다.

"좋다. 너희의 능력을 보여봐라."

"예!"

우룰가의 말에 각 지휘관들은 부리나케 부하들을 닦달해

광산으로 진격을 개시했다.

많은 숫자다 보니 각 도로마다 마족 병사들이 꽉 채워져 갔다. 이들이 향하는 방향은 한곳, 광산이 있는 북쪽 절벽 쪽이었다.

이렇듯 광산으로 마족들의 주의가 쏠려 있었다.

"딱 걸려주었군."

달빛을 받으며 한 건물의 옥상에 선 이델은 한쪽 입꼬리를 말아 올렸다.

이 모든 것이 작전대로 흘러가고 있기에 지을 수 있는 미소였다.

"그럼 부탁합니다, 로스틴 님."

이델의 말이 끝나기 무섭게 도시 전체로 불길한 느낌의 마력이 퍼져 나갔다.

드드륵.

갑자기 맨땅이 흔들리더니 불쑥 앙상한 뼈만 남은 손이 올라왔다. 그러더니 곧 무장한 해골이 모습을 드러냈다.

그뿐만이 아니었다. 도처에서 무수한 언데드들이 땅 밑에서 모습을 드러냈다.

이것이 바로 이델들이 준비한 작전의 마지막 패였다.

*   *   *

—우어어어!

"뭐, 뭐야."

갑자기 골목에서 나타난 언데드들이 공격을 해오자 마족 병사들은 큰 혼란에 빠졌다. 설마 도시의 땅 아래서 언데드들이 나타나리라곤 조금도 생각하지 못했던 게 혼란을 더욱 키웠다.

이 언데드들은 사실 도시 점령 직후부터 땅에 묻혀 있었다. 그러했기에 정찰을 했던 마족들은 조금도 눈치채지 못했던 것이었다.

—죽인다.

달그락. 달그락.

수천이 넘는 언데드는 오로지 주어진 명령에 따라 마족 병사들을 살육해 나갔다.

—오늘은 보름달이 뜬 밤. 내가 이끄는 언데드 군단이 최상의 힘을 발휘하는 밤이지.

로스틴은 그리 말하며 언데드들을 움직여 더욱 마족 병사들을 몰아붙였다.

언데드들은 저번 도시 공략전 때 해치운 마족의 시체였다. 따라서 오우거 좀비라 불리는 존재도 상당수가 있어 그 전투력은 결코 무시할 수 없었다.

―구어어어!

같은 동족이라는 사실도 망각한 채 공격을 하는 오우거 좀비를 향해 오우거 병사들이 일제히 공격을 해댔다. 창검이 무참히 육체를 헤집었지만 그 정도로 오우거 좀비는 쓰러지지 않았다.

오우거 좀비는 거대한 반월도로 앞에 있는 오우거를 베고 또 베었다.

상대가 넝마가 돼서야 공격을 멈춘 오우거 좀비는 곧장 다른 상대를 찾아 둔중하게 움직였다.

―죽은 자여, 나의 마력에 의해 되살아나라.

로스틴의 마력이 쓰러진 오우거의 몸에 스며든다. 그러자 엉망진창의 상태로 쓰러졌던 죽은 오우거가 들썩거리더니 서서히 몸을 일으켰다.

이런 식으로 죽은 마족들이 또다시 언데드가 되니 숫자가 줄긴 고사하고 오히려 늘어나는 상황이 되어갔다.

이렇듯 피해가 커지자 우룰가의 수하들은 우룰가를 찾아가 다급히 말을 꺼냈다.

"로드시여, 어서 이 도시를 빠져나가셔야 합니다. 언데드들의 기세가 범상치 않습니다."

"맞습니다. 오늘은 보름달이 뜬 날이기 때문에 언데드의 사기가 무척 강합니다. 이럴 때에 놈들과 정면으로 상대한다면 피해가 클 수밖에 없습니다."

"시끄럽다!"

부하들의 말에 일갈한 우룰가는 자신의 거대한 마력을 전신으로 피워냈다. 낮의 전투로 상당한 마력을 소진했음에도 불구하고 여전히 넘치는 마력을 보이는 그는 언데드 군단과 싸우는 자신의 군대를 보며 한심하다는 듯이 말했다.

"상대는 고작해야 죽어 썩어빠진 시체들이다. 그깟 것들이 두려워 물러나는 게 말이 되는가."

"하, 하지만."

"못난 것들."

우룰가는 부하들에게 의지하는 대신 자신이 직접 나섰다. 그는 차가운 눈으로 주문을 외웠다.

"폭염의 파도가 적을 휩쓴다. 블레이즈 웨이브."

먼저 화염의 주문으로 몰려 있는 언데드들을 한 번에 불태워 버렸다. 여기에서 아군이 있었지만 우룰가는 조금도 개의치 않고 자신이 만든 광경을 지켜보았다.

우룰가가 직접 마법을 펼쳐 언데드를 공격하자 다른 마법사들도 마법을 쓰기 시작했다.

대체로 언데드에게 가장 효과가 큰 화염 마법이 집중적으로 사용되었는데 이 까닭에 도시에 불이 붙어 큰 화재가 발생하였다.

"살려줘!"

"도망칠 곳이 없어. 대체 어디로 가야 돼."

언데드들과 곳곳에 발생한 화재로 인해 갈 길을 잃은 마족 병사들은 우왕좌왕하였다. 이 와중에도 언데드들은 불도 두려워하지 않은 채 가까이에 있는 마족 병사들을 습격했다.

같은 편이 이렇게 꼼짝없이 죽어가는 상황에서도 우룰가는 손을 멈추지 않았다.

"파이어 스톰!"

남겨진 불씨를 이용해 만든 거대한 불의 소용돌이가 도시를 가로지르며 수많은 언데드와 마족 병사들을 태워갔다.

그 모습을 구경하던 이델은 내심 혀를 찼다.

'아무리 그래도 그렇지, 같은 편까지 저렇게 날려 버리다니. 이건 예상 밖인 걸.'

지금 도시 안에 갇힌 수만의 마족 병사들까지 한꺼번에 죽일 참인 것일까. 적의 소진을 바라는 이쪽으로서는 나쁘지 않은 일이지만 그래도 이 잔혹한 방식이 불쾌하기는 하다.

이델은 불타는 도시를 보는 것을 관두고 빠르게 이동을 했다.

'이제 남은 건 우룰가의 처단이다.'

우룰가의 주변엔 현재 마법 병단에 속한 마법사를 포함해 수백 남짓의 병력밖에 없다. 휘하의 오러 유저들은 부대를 이끌고 갔다가 도시 안에 고립된 상황이기에 지금이 아니면 기회는 없었다.

이델은 이동하면서 텔레파시 마법으로 로스틴과 말을 주고받았다.

—지금입니다.

—알겠네.

로스틴은 이델의 신호에 아직 땅 속에 숨겨두고 있던 비장의 카드를 꺼냈다.

쿠드드륵.

성문 주변의 대지가 흔들리더니 또다시 언데드들이 모습을 드러냈다. 그런데 이번에 나타난 언데드들은 도시 안의 언데드들과 달랐다.

—복수다.

—드디어 우리의 원한을 갚을 때가 왔구나.

거대한 거인족부터 이곳 노예로 있다가 죽은 드워프까지 언데드가 되어 우룰가가 있는 곳으로 다가갔다.

같은 편을 언데드로 만든다는 것은 사실 있을 수 없는 일이었다. 왜냐면 이 행위 자체가 죽은 자를 모독하는 일이기 때문이었다.

그런 만큼 가장 반대한 건 바로 언데드들을 조종하는 로스틴이었다. 하지만 다른 이들은 생각이 달랐다.

"죽어서도 힘이 될 수 있다면 기꺼이 언데드가 되겠습니다."

"한 놈이라도 더 저세상 길동무로 만들 수 있다면 그보다 나쁜 일은 없겠지 않겠나, 하하핫!"

이렇게 말을 하며 전원이 죽은 이후 언데드가 되는 것에 동의를 했고 전투로 인해 발생한 전사자들은 결국 로스틴의 마력에 의해 언데드가 되게 된 것이었다.

"이 녀석들."

"막, 막아랏!"

설마 뒤에서 또 언데드가 나타날 줄 몰랐던 마족들은 크게 동요하며 몸을 보존하려 애를 썼다.

쾅! 콰앙!

무수한 화염구가 작렬하였다. 허나 폭발 속에서도 저항군의 시체로 만들어진 좀비들은 걸음을 멈추지 않았다. 게다가 어찌된 일인지 마법의 위력이 이들에게는 제대로 먹히지 않았다.

"호오. 설마 저 육체에 마법 저항의 룬 문자를 그려 넣다니. 놀라운 발상이군."

유일하게 동요하지 않고 상황을 지켜보던 우룰가는 시체의 몸 곳곳에 마법에 어느 정도 저항할 수 있는 룬 문자가 그려져 있는 것을 보곤 감탄했다.

다분히 특수한 지료가 필요하고 마법사가 직접 정성 들여 그려 넣어야만 비로소 효과를 발휘하는 룬 문자를 일일이 그려 마법에 내성을 갖게 한 것은 나름 참신한 발상이라 할 수 있었다.

아무튼 이런 덕분에 약 300여 구의 좀비는 거의 줄지 않고 접근을 할 수 있었다.

콰득.

좀비들은 비록 무기를 쓰지 못하였지만 강한 악력으로 마족들을 붙잡고 주저 없이 이빨로 물어뜯었다.

한 명이라도 더 마족들을 죽이겠다는 강한 일념만 남은 좀비들은 룬 문자와 보름달의 힘을 빌려 맹렬히 공격했다.

"파, 파이어 볼!"

남은 마력을 짜내 좀비들을 향하여 마법을 발동시키지만 쓰러뜨릴 수 있었던 것은 고작 몇 명뿐. 팔이 떨어지고 다리가 망가졌음에도 진격을 멈추지 않고 다가와 오우거 마법사의 몸 곳곳에 달라붙었다.

오우거 특유의 완력으로 붙은 자들을 떨구려 하지만 소용없는 짓이었다.

쿵. 쿵.

그리고 2구의 거인 좀비가 그림자를 만들며 가까워 주먹으로 모여 있던 마법사들을 박살 내었다. 비록 좀비가 됨으로써 둔해졌다지만 이들의 완력은 사라진 게 아니었다.

—오오오!

피가 진득이 묻은 주먹을 들며 거인 좀비 중 하나가 우룰가를 노려봤다. 표적이 된 우룰가는 자신을 향해 팔을 뻗는 거인 좀비를 보며 코웃음을 쳤다.

"고작 이깟 좀비가 날 죽일 수 있다고 본 건가."

말과 동시에 우룰가는 손을 좌에서 우로 움직였다. 그러자 희미한 선이 그려지더니 거인 좀비의 상반신과 하반신이 분리되었다.

우룰가는 여기서 멈추지 않고 다음 마법을 발동시켰다.

"익스플로젼."

거대한 폭발이 좀비들을 덮쳤다. 강대한 마력에 의해 작렬한 폭염은 룬 문자의 가호만으로는 견뎌낼 수 없는 위력을 가지고 있었다. 움직일 수 있는 육체를 잃은 영혼들은 한 맺힌 목소리를 내질렀다.

—으어어! 분하다.

—이대로 끝날 수는 없는데…… 아아.

목소리들은 헛되이 메아리치다 사라져갔다.

우룰가는 목소리는 개의치 않고 계속 마법을 쏟아냈다. 그런데 그의 머리 위로 그림자가 졌다.

"다이빙 드라이브!"

한순간 목소리가 들리고 우룰가가 서 있던 곳으로 이델이 낙하했다. 오러의 힘이 지면을 때리자 곧 일대가 무참히 파괴되었다.

그곳에서 약간 떨어진 곳으로 이델이 착지했다.

공중에서 날아 무섭게 지상을 떨어졌던 이델은 우룰가가 있던 곳을 보았다.

"이런 식이 치사하다는 것은 알지만 지금은 그런 걸 따질 때가 아니지."

아무리 죽은 망자라지만 더는 동료들을 해하는 행위를 두고 볼 수 없었다. 하여 좀 더 우룰가의 힘을 좀 더 뺀 다음 상대해도 되는데도 참지 못하고 나선 것이었다.

괴성과 함께 우룰가가 파여진 구덩이에서 몸을 일으켰다.

기습을 당한 와중에도 다친 곳은 별로 없어 보였다. 아마도 미리 걸어둔 방어 주문들이 몸을 지킨 모양이었다.

"어떤 놈이냐!"

우룰가는 주변을 두리번대다 이델을 발견했다.

"크르르. 네놈의 짓이었더냐."

"그렇다면 어쩔 건데."

이델은 주변을 본 뒤 자신감에 찬 미소를 지었다.

현재는 우룰가의 수하들도 좀비들도 거의 전멸한 상태다. 지금이라면 마음껏 저 우룰가와 싸울 수 있다.

모든 게 갖춰진 상황에서 이델은 전투 의지를 강하게 불태웠다.

＊　　　＊　　　＊

　오우거 로드 우룰가를 처단한다는 목표를 달성하는 일은 매우 어려운 일이었다.

　무수한 숫자의 수하들에게서 그를 떼어놓는 일도 난제였지만 뭣보다 강대한 마력을 가진 우룰가를 누가 상대할지도 난감한 문제였다.

　그런 상황에서 자발적으로 나선 게 바로 이델이었다.

　"로드를 상대하는 것은 내가 하겠어."

　이델은 용사라는 존재를 부각시키기 위해선 로드를 상대하는 일이 자신에게 주어져야 한다는 점과 그리고 일대일 전투라면 자신이 더욱 숙달되어 있다는 점을 강조해 임무를 맡았다.

　무거운 역할인 만큼 가볍게 전투에 임할 마음은 없었다.

　우룰가는 이델이 있는 방향으로 몸을 돌린 뒤 말을 걸어왔다.

　"마력과 오러을 동시에 가진 인간인가. 흠, 어딘가에서 본 기억이 있는 것 같은데."

"아아, 아마 그렇겠지."

고블린 로드 볼프의 도시에서 하프만을 구출할 때 잠깐 얼굴을 본 적이 있기에 안면이 낯설지 않을 터였다.

굳이 그 사실을 인지시킬 이유는 없었기에 이델은 그에 대한 이야기는 하지 않고 대신 다른 말을 꺼냈다.

"오늘 이 자리가 너의 죽을 자리다."

"하! 건방지군, 인간. 알량한 실력을 믿고 그런 말을 하는 것인가."

"훗! 어떨까."

이델은 자신 어린 목소리로 대답을 하였다.

성검에 하늘빛 오러가 맺히고 이델은 몸을 움직였다. 이를 목격한 우룰가도 바로 주문을 준비했다.

"공파참!"

"카오틱 실드."

이델의 공격이 검은 장막과 거세게 충돌하였다. 두 힘의 충돌에 의해 주변에 순간 돌풍이 불었다.

단단한 방어 때문에 직접 타격을 주지 못한 이델은 바로 그 자리에서 주문을 전개했다.

"디스펠!"

마법 해체 주문을 통해 단번에 마법 장벽을 돌파하겠다는 요량이었다. 그러나 우룰가는 호락호락하게 당하지만은 않았다.

한 겹이 벗겨내는 동안 우룰가는 연달아 방어막을 겹겹이 쌓았다. 그러면서 동시에 간단한 공격 주문을 쏘아댔다.

"플레임 애로우, 윈드 봄."

"크윽!"

아무리 오러로 몸을 보호한다고 해도 충격에 의해 몸이 밀려나는 것을 막을 수는 없었다.

몇 미터 정도 거리가 생기자 우룰가는 바로 위력 있는 주문을 외쳤다.

"썬 버스터."

머리 위에서 떨어지는 작렬하는 빛에 의해 순간 이델의 몸이 보이지 않게 되었다. 그리고 곧 대폭발이 일어났다.

콰아앙!

어지간한 집 한 채는 흔적도 없이 날려 보낼 수 있는 위력이었다. 그 폭발에서 이델은 오러로 온몸을 지키고 동시에 열에 대한 저항 주문을 몸을 걸었다.

가까스로 폭발을 이겨내고 이델은 몸을 바로 일으켰다. 열기로 인한 김이 몸에서 모락모락 일어나고 있었지만 큰 부상은 입지 않아 보였다.

우룰가는 그런 그를 보며 말했다.

"제법이구나. 오러와 마법을 동시에 이렇게 사용할 줄 알다니 말이다."

"칭찬인가."

"죽이기엔 아깝다는 생각이 드는군. 혹 내 밑에 들어올 생각이 없나? 만약 그러한다면 내 좋은 위치를 보장해 줄 수 있는데 말이야."

"훗, 사양하지."

이델은 우룰가의 제안을 단칼에 거절하고 집중했다. 그러자 성검에 창공검이 전개되었다.

"라이트닝 인첸트."

거기에 전격까지 부여하니 위력이 더 강한 뇌공검이 완성되어졌다. 그것을 본 우룰가는 정색하며 자신이 펼칠 수 있는 최고의 방어 주문을 완성시켰다.

"간다."

이델은 뇌공검을 옆으로 내질렀다. 그러자 전격을 품은 오러의 궤적이 길게 뻗어나갔다. 곧 그 일격은 우룰가의 방어 주문과 충돌했다.

힘의 반발이 거세게 일더니 장벽에 금이 생기기 시작했다. 우룰가의 마력보다 이델의 힘이 더 우위였던 것이다.

"다크 블레이즈."

우룰가는 이델의 오러를 향해 마법을 날려 시간을 번 다음에 바로 단거리 공간 도약으로 자리를 피했다. 하지만 그렇게 피한 그를 이델은 놓치지 않았다.

초고속으로 접근한 이델은 바로 우룰가의 목을 노리고 성검을 힘껏 휘둘렀다.

이때! 갑자기 커다란 손이 성검을 쥔 손목을 붙잡았다. 그 손의 주인은 바로 우룰가였다.

"내 목을 쉽게 취할 수 있을 것이라 생각했느냐."

"크앗!"

우룰가는 주저 없이 이델을 던졌다.

이델의 몸은 그대로 쭉 날아가 한 건물을 벽을 부수고 통과해 다시 반대편 벽 밖으로 튀어나왔다.

"으으, 아파라."

갑자기 던져지고 집 한 채를 관통하게 된 이델은 벽의 잔해를 떨구며 몸을 일으켰다.

설마 바로 거기서 손목을 붙잡힐 줄 예상 못했다. 아무리 오우거라도 자신의 움직임에 저렇게 기민하게 반응할 수 있을 수 없을 텐데. 필시 마법으로 육체와 감각을 강화시킨 게 틀림없다.

강인한 육체를 장점으로 일반 마법사와 다르게 근접전에도 뛰어난 우룰가의 실력을 몸소 느낀 이델은 통증을 이기며 다시금 싸울 태세를 갖췄다.

"블레이즈 스웜."

숨 돌릴 틈도 없이 날아드는 폭염탄을 피해 이델은 건물 사이로 몸을 날렸다.

건물을 모서리를 돌며 이동한 이델은 바로 우룰가의 위치를 파악했다. 아까의 곳에서 좀 떨어진 곳에서 마력의 파동이 느껴졌다.

이델은 그쪽을 향해 매우 빠른 속도로 접근을 시도했다. 이를 눈치챘지만 우룰가는 미처 손을 쓰지 못했다.

"잘도 날 날렸겠다!"

성검이 궤적을 그리며 우룰가의 목을 노렸다.

몇 겹의 주문이 자동적으로 우룰가의 신체를 지켰지만 그 효과는 한시적이었다.

"흡!"

우룰가는 강하게 한 발로 바닥을 내리쳤다. 그러자 발밑으로 강대한 마력이 퍼져 나갔고 상당한 흔들림이 일어나고 발밑이 부서져 내려갔다.

이 바람에 직접적으로 성검을 명중시키지 못하고 이델은 무너지는 바닥을 딛고 다른 건물 위로 뛰어올라야만 했다.

쿠오오오.

이때, 부유 주문으로 공중에 있던 우룰가의 주변으로 거대한 소용돌이가 만들어지는 것을 볼 수 있었다.

"이 도시와 함께 날려보내 주마."

우룰가의 호언장담은 불가능하지 않을 것 같았다.

거대한 마력에 의해 만들어진 거대한 소용돌이 폭풍은 삽시간에 그 세력을 키워 나갔다. 거기에 화재로 인해 발생한 불까지 더해지는 그야말로 불꽃의 폭풍이 되었던 것이다.

"불꽃의 폭풍인가. 아주 이 일대를 쑥대밭으로 만들 작정을 한 모양이군."

"이델 경!"

"이올라?"

로스틴의 호위를 맡았던 이올라가 이쪽으로 오는 모습에 이델은 깜짝 놀랐다.

이올라가 당도하고 이델은 물음을 던졌다.

"로스틴 님은 어쩌고 이곳에 온 거야?"

"그분께서 보내셨습니다."

이올라의 대답은 매우 침착하였다.

아직도 도시에 갇힌 우룰가의 군대를 상대하기 위해 언데드 군단을 마력으로 움직이고 있는 로스틴의 신변만큼 중요한 것은 없다. 아무리 보냈다고 해서 이렇게 오면 안 될 일이었기에 이델은 이에 대한 말을 안 할 수가 없었다.

"아무리 그래도 그렇지. 이곳으로 훌쩍 오면 어떻게 해."

"지금 그보다 저것을 해결하는 게 우선 아닐까요."

이올라는 바로 코앞에서 맹렬하게 부는 불꽃의 소용돌이

를 가리키며 말했다.

피하면 그만이지만 문제는 지금 저 소용돌이가 향하는 방향에 광산이 있었다. 직접적으로 저것이 광산 안에 있는 인원들이 피해를 입을 일은 없다. 하지만 불꽃의 소용돌이가 근처에서 타오르면 필시 광산 안의 산소가 급격히 소진되고 말 것이었다. 그리 되면 안에 있는 인원들이 질식해 목숨을 잃을 수도 있는 일이었다.

결국 저것이 광산에 다가가기 전에 없애야만 하는 상황인 셈이다.

"저라면 저 소용돌이를 없앨 수 있을지도 몰라요."

"그게 정말이야?"

"예."

이올라는 담담히 대답했다.

오러 특성이 바람의 성질과 유사한 면이 있는 이올라의 오러라면 큰 힘을 소모하지 않고 소용돌이를 막을 수도 있을 것 같았기에 이델은 반대의 말을 꺼내지 않았다.

"알았어. 그럼 저 소용돌이는 맡길게. 난 우룰가를 끝장내겠어."

지금 저 불꽃의 소용돌이 안에 우룰가가 있다. 그를 끝장내야만 이 싸움이 끝나기에 이델은 마지막으로 한 번 더 그를 쓰러뜨릴 생각을 하였다.

이런 이델의 생각을 전해 들은 이올라는 고개를 가볍게 한 번 끄덕인 후 불꽃의 소용돌이가 진행 중인 방향으로 몸을 날렸다.

"끼에에엑!"

"살려줘!"

불꽃의 소용돌이가 지나가는 앞으로 무수한 마족과 언데드가 있었다.

마족들은 살기 위해 도망치려 했지만 끝까지 언데드들은 이들의 발목을 붙잡았다. 그리고 결국엔 양쪽 모두 화염에 휩싸여 한줌의 재가 되어 스러져 갔다.

"후우우."

한 건물 옥상 위에 선 이올라는 심호흡과 함께 자신의 오러를 대검에 담아냈다.

머리 위로 치켜 올려진 대검의 날을 중심으로 바람 형태의 녹색 오러가 거세게 회전하기 시작했다. 그 크기는 비록 불꽃의 소용돌이보다 작았지만 위세만큼은 대단했다. 그렇게 규모를 키운 오러가 이올라의 의지에 따라 움직였다.

쿠콰가가각!

또 하나의 소용돌이가 된 이올라의 오러가 불꽃의 소용돌이와 격렬히 충돌했다. 잠시 힘겨루기 하듯 맞붙던 두 소용돌이는 점차 하나로 융합되기 시작했다. 그러자 더 이상 움직이지 않고 제자리에서 규모를 키우게 되었다.

"이런, 감히 누가……!"

소용돌이의 중심에 자리하고 있던 우룰가는 불꽃의 소용돌이가 자신의 통제에서 벗어나고 있다는 사실에 분통을 터트리고 있었다.

마력으로 이뤄진 소용돌이가 통제를 따르지 않게 된 것은 이올라의 오러가 혼합되었기 때문이었다. 우룰가는 바로 이것을 알아채고 섞여 버린 오러를 소멸시키고 다시 소용돌이를 자신의 통제하에 들어오게끔 하려 했다.

"하아아앗!"

갑자기 들려온 기합 소리. 우룰가는 놀라 위를 올려다보았다.

소용돌이의 벽이 닿지 않고 수백 미터 위의 상공에서부터 무언가가 빠르게 떨어져 내려오고 있었다. 그것은 바로 오러의 빛에 휩싸인 이델이었다.

"크윽."

"받아랏, 천공섬!"

수직 낙하하며 공격을 펼치는 이델의 모습을 올려다보며 우룰가는 잔뜩 일그러진 표정을 지었다. 곧 두 사이의 거리는 0이 되었다. 이 순간 성검은 정확히 우룰가를 베어 들어갔다.

2장

폭풍전야

콰아아아!

하늘빛이 곳곳에서 새어 나오더니 불꽃의 소용돌이는 바로 그 자리에서 열풍으로 바뀌어 사방으로 퍼져나갔다.

이올라는 뜨거운 열기에 아랑곳 하지 않고 소용돌이가 있었던 곳으로 뛰어갔다.

"이델 경!"

좌우를 정신없이 살피며 앞으로 나아가던 이올라는 곧 한쪽에 누워 있는 이델을 발견하곤 착지했다.

"난 괜찮아."

힘을 꽤 쏟긴 했지만 다행히 크게 다친 곳이 없었던 이델은 약간 힘이 빠진 얼굴로 말을 하곤 성검에 의지해 몸을 일으켰다.

　그 모습에 잠깐 안도의 표정을 지었던 이올라는 금방 본래의 표정을 되찾고 질문을 하였다.

　"오우거 로드는 어떻게 됐죠."

　"일단 벤 느낌은 확실하지만…그래도 확신할 때까지는 긴장을 풀 수 없겠지."

　이델의 말에 이올라는 살짝 고개를 끄덕였다.

　두 사람은 곧 이에 대한 명확한 답을 알기 위해 인근을 살피기 시작했다.

　격렬한 화염 폭풍이 휩쓸고 간 자리에 남은 것이라고는 시커먼 잿더미뿐이었다. 여기저기를 살피는데 어디서도 우룰가의 모습을 찾아볼 수가 없었다.

　"왠지 느낌이 안 좋은데."

　"그가 살아 있을 수도 있다는 것인가요?"

　"놈이 보통 존재였다면 이런 의심을 안 했겠지."

　이델은 고블린 로드 볼프가 보였던 마기를 떠올렸다. 마왕의 권능이라 할 수 있는 마기를 아주 미미하지만 몸에 받아들여 쓸 수 있다는 것 자체가, 그 존재가 특별하다는 것을 의미한다.

같은 로드로서 우룰가도 마기를 필시 지니고 있을 터, 그 힘을 쓴다면 어쩌면 죽지 않고 살아 있을 수도 있겠다는 생각이 머릿속에서 도통 지워지지 않았다.

"저길 보세요."

이올라가 손가락으로 가리킨 방향에는 지면에 쓰러진 우룰가가 있었다.

걱정은 기우였던 것일까. 미동도 보이지 않는 모습이 꼭 죽은 것처럼 보였다. 하지만 그렇다고 해서 무턱대고 안심할 수는 없었다.

"확실하게 해두는 게 좋겠지."

이델은 마력을 끌어모아 마법을 준비했다. 그 마법은 우룰가의 육신을 흔적도 없이 날려 버릴 수준의 파괴력을 가진 마법이었다.

이것으로 확실한 끝매듭을 짓겠다. 이런 각오로 이델은 마법을 쓰러진 우룰가에게 날렸다.

콰아앙!

폭발의 여파가 이델과 이올라가 있는 곳까지 미쳤다. 허나 오러 유저인 두 사람은 간단히 여파를 견뎌냈다.

"이제 끝났어."

"그럼 어서 돌아가서……."

편하게 대화를 나누던 두 사람은 갑자기 얼어붙었다.

조금 전 폭발이 일어났던 곳에서부터 범상치 않은 기운이 느껴졌기 때문이었다.

놀라 우룰가가 쓰러진 곳을 바라보았다. 놀랍게도 우룰가의 시체는 그대로 남아있었다. 그 몸에서는 검은 기운이 피어오르고 있었다.

잠시 뒤, 우룰가의 몸이 저절로 일어나더니 검은 기운을 마구잡이로 뿜어내기 시작했다.

"대체 이게 어떻게 된 일인가요?"

이올라는 생전 처음 보는 광경에서 눈을 떼지 못하면서 이델에게 물음을 던졌다.

그 물음에 이델은 쉽게 대답을 하지 못했다. 하지만 그는 이미 답을 알고 있었다.

'맙소사. 저건 마기의 폭주다.'

과거 시대 때, 마왕으로부터 마기를 부여받은 마장군들과의 싸움 중 저것을 본 적이 있다.

소유자가 더 이상 몸 안의 마기를 감당하지 못하게 되면 그 힘에 집어삼켜지는데 그렇게 된 자는 더 이상 인격을 유지하지 못하고 괴물이 되고 만다.

"위험해."

"예?"

"당장 다른 이들에게 이 도시를 빠져나가라고 전해줘."

"그게 무슨 말이에요. 갑자기 그게 무슨……."

"저놈이 날뛰기 시작하면 지금까지는 비교도 안 될 일이 벌어지게 돼. 그전에 놈을 피해야만 해."

마왕 제노스를 만났을 때만큼이나 긴장한 이델의 모습에 이올라는 허튼소리가 아님을 깨달았다. 하지만 홀로 저 존재와 싸우게끔 할 수는 없다고 생각했다.

이에 이올라는 대검을 검은 마기에 휩싸여 있던 우룰가에게 겨누며 말했다.

"저도 이 자리에서 돕겠어요."

"안 돼!"

단호하게 외쳐진 이델의 말에 이올라는 흠칫 놀랐다. 이런 식으로 이델이 화를 내는 모습은 처음이었다.

놀란 눈으로 자신을 보는 시선을 마주 보며 이델은 한순간 격해진 감정을 추스르며 말을 다시 했다.

"부탁해, 이올라. 지금은 내 말대로 해줘."

"제가 함께 있으면 부담인 건가요."

"아니, 그렇지 않아."

고개를 한 번 크게 가로저었던 이델은 미소를 살짝 지으며 이올라를 보았다.

"옆에서 함께 싸워준다면 그보다 든든한 일은 없을 거야. 하지만 지금은 함께 싸워주는 것보다 이곳에 있는 사람들을 안전한 곳으로 대피시켜 주는 게 더 큰 도움이 돼. 이건 진심으로 하는 말이야."

"……."

"난 누구보다 가장 이올라, 그대를 믿고 있어. 내가 안심하고 마음껏 싸울 수 있게 힘을 보태줘."

진솔한 이델의 말에 이올라는 마음을 돌리지 않을 수 없었다.

"알겠습니다."

"내 말, 이해해 줘서 고마워."

"꼭… 제가 다시 돌아올 때까지 무사하셔야 해요."

이올라의 당부에 이델은 대답 대신 엄지손가락을 위로 들며 자신감을 보여주었다.

제발 죽지 말아요. 이런 말을 속으로 하며 이올라는 마지막으로 이델을 본 뒤 자리를 떠났다.

떠나는 뒷모습을 보며 이델은 속으로 생각했다.

'아예 이번 기회에 고백이라도 할 걸 그랬나.'

그랬다면 이올라가 어떤 반응을 보여줬을까. 아니, 먼저 자신이 그 말을 한 뒤에 어떻게 표정을 지었을지 그것부터가 궁금하다.

이런 속 편한 생각을 하는 사이에 우룰가의 육체는 변화를 보이고 있었다.

꾸득. 꾸득.

평범한 오우거의 육체가 마기에 침범당해 거대화되고 일그러진다. 그 흉측함은 이루 말할 수 없을 정도였다.

"괴물이 되어가는군."

한 번 저렇게 되어버리면 죽을 때까지 피를 그리며 파괴만을 일삼게 되고 만다.

이제부터는 강자가 아닌 괴물을 상대해야 한다. 결코 쉬운 싸움이 되지 못할 것이 분명했다.

'이럴 줄 알았으면 신성력을 좀 남겨두는 건데.'

마기와 가장 상극인 힘은 바로 신성력이다.

다시 한 번 인간들의 신인 로이아스로부터 신성력을 부여받을 수 있다면 좋겠지만 신과의 연결이 끊긴 지금으로썬 그것은 꿈과도 같은 일이다.

'믿을 건 성검뿐인가.'

지금 손에 든 검은 신들 중의 신, 대신 아르마의 힘으로 만들어진 성검이다. 그 자체만으로도 마기에 상당한 타격을 줄 수 있으니 상황이 아주 최악인 것은 아니다. 그리고 꼭 놈을 쓰러뜨릴 필요가 없다는 게 그래도 적잖은 위안이 된다.

어차피 저 모습이 되어버린 이상 되돌아갈 길은 없다. 이제 우룰가는 오우거 로드가 아닌 완전한 파괴의 화신으로 그 힘이 다할 때까지 무한한 파괴만 일삼게 될 것이다. 그렇게 된 그에겐 같은 동족인 오우거는 물론 다른 마족들까지 전부 파괴해야 할 대상일 뿐이다.

'광산에 몸을 숨기고 있던 이들이 안전한 도시 밖으로 탈출할 때까지 시간을 벌면 돼. 그 뒤의 일은 내 알 바 아니지.'

전의 레비아탄 때도 그렇고 지금도 마찬가지였다.

내버려 두면 어차피 피해는 마족이 입게 된다. 그것은 이쪽으로서는 나쁘지 않은 일인 셈이다.

"쿠어어어!"

마침내 우룰가의 변형이 끝마쳐졌다.

신장이 10미터에 이를 정도로 커지고 등 뒤로 한 쌍의 팔이 솟아나 팔이 4개가 되었을 뿐만 아니라 하체 또한 변형을 해 마치 짐승의 하반신처럼 되어버렸다. 완전히 오우거의 모습을 잃게 된 우룰가는 귀 밑까지 찢어진 입을 벌리며 굵은 침을 뚝뚝 흘려대었다.

그러더니 곧 갑자기 6개나 되는 굵디굵은 발을 굴리기 시작했다. 그 동작만으로도 인근의 지면이 살짝 떨려왔다. 곧 놈은 이델을 목격했다.

이지라고는 조금도 찾아볼 수 없는 시선이 자신을 향하는 것을 느낀 이델은 쓴 미소를 지었다.

잠시 생각해 보면 저렇게 변해 버린 우룰가의 존재가 가엾다.

"한때 대마법사라 불린 존재가 이제는 한낱 피와 살을 탐하는 괴물이 되어버리다니. 그 불쌍한 운명을 동정하지. 하지만 그렇다고 내 몸뚱이를 줄 마음은 조금도 없어."

"크워어어어!"

우룰가는 괴성을 내지르며 앞으로 한 걸음 다가왔다.

이 모습을 본 이델은 성검에 뇌공검을 부여하며 만전의 태세를 만들어냈다.

그것을 본 우룰가는 4개의 손으로 주먹을 쥐며 크게 한 번 더 포효했다.

"크워어어어!"

그리고는 단번에 이델을 향해 돌진하였다.

양옆의 건물을 무너뜨리며 돌진하는 우룰가를 상대로 이델은 다시 한 번 힘든 전투를 시작하게 되었다.

*   *   *

수 톤이나 되는 무게를 가지게 된 우룰가의 육중한 몸을 마주 상대하는 것은 어리석은 짓이었기에 이델은 일단 돌진을 피해 옆으로 나 있는 길로 달려 나갔다.

그런 이델을 쫓아 우룰가는 맹진을 계속하였다.

"오오, 쫓아오는 건가."

제대로 된 판단을 할 수 없는 사실상 짐승과 다름없게 된 우룰가를 의도대로 잘 유도하는 데 성공한 이델은 우선 최대한 광산과 그리고 도시의 입구에서 멀리 떨어진 곳으로 움직였다.

앞으로 쭉 달려가는데 전방에서 그림자들이 보였다.

'살아남은 마족들인가.'

상대의 정체를 안 이델은 뒤를 힐끔 쳐다봤다.

지금 앞에 있던 적들을 상대할 여유는 없었다. 선택할 수 있는 길은 하나뿐이었다.

"뭐야."

"괴물이다."

마족들은 이델보다 그 뒤를 쫓는 괴물로 변한 우룰가에 놀라 소리를 질러댔다. 그런 그들을 돌파하는 것은 아주 간단하고 쉬운 일이었다.

이델이 지나가고 마족들은 가까워진 우룰가를 보고 공포에 질려 무작정 공격을 하였다.

바로 자신의 부하였던 자에게 공격을 받은 우룰가는 크게 포효를 하더니 무자비하게 이들은 참살했다.

"칫!"

뒤를 본 이델은 역겨움을 느끼지 않을 수 없었다.

비명을 지르는 한 명의 오우거를 입에 물고 우룰가는 다시 이델을 추격을 시작했다. 아까보다도 더 빨라진 움직임으로 다가오는데 아무리 이델이라도 쉽게 그것을 뿌리치기 어려웠다.

이델은 전력으로 달리는 가운데 뒤를 돌아보며 속으로 생각했다.

'마기와 마력의 힘을 통해 더욱더 강해지고 있다. 이런 식이면 도망만 칠 수 있는 것도 한계가 곧 올 테지.'

역시 정면 대결은 피할 수 없을 것 같다.

뛰는 가운데서 이델은 암암리에 힘을 모았다. 그렇게 하며 달리는데 눈앞에 꽤 커다란 건물이 보였다.

"해보자."

여기서 한번 작전을 펼쳐보기로 결심한 이델은 전방을 향해 횡으로 검격을 날렸다.

취한 일격을 통해 방출된 뇌격을 띤 오러의 참격이 건물을 베고 지나갔다. 베여진 건물은 충격을 이기지 못하고 앞으로 쓰러져 갔다.

쿠구궁.

"하앗!"

이델은 발에 힘을 집중시키고 앞으로 쏟아지는 건물의 잔해를 검으로 쳐내며 앞으로 뛰어올랐다. 반면 속도가 붙은 상태로 달려오던 우룰가는 미처 건물 잔해를 피하지도 못하고 그것을 뒤집어썼고 그대로 건물과 충돌하고 말았다.

거대한 흙먼지를 일으키는 현장에서 약간 떨어진 곳에 위치한 건물 옥상 위에 착지한 이델은 뒤를 돌아보았다.

"발이 묶인 지금이 기회다."

마기에 의해 변형된 우룰가에게 어지간한 공격이 통하지 않는다는 것은 과거의 경험을 통해 알고 있는 이델은 강력한 전격을 두 손 사이로 모았다.

최대치의 전격을 모으는 사이, 무너진 더미가 들썩이기 시작했다. 그러더니 갑자기 검은 빛이 여기저기서 솟구치고 잔해가 폭발과 함께 사방으로 뿜어졌다.

"크워어어!"

"받아랏!"

모습을 드러낸 우룰가를 향해 이델은 공 형태로 응축된 뇌격이 날렸다.

빠르게 날아간 뇌격이 우룰가의 몸과 접촉한 순간 차마 정면으로 볼 수 없는 빛과 함께 어마어마한 뇌전이 방출되며 주변을 휩쓸었다.

순식간에 우룰가의 몸을 휩쓴 뇌전은 그 몸 자체를 탄화시켰다. 하지만 우룰가 자체가 가진 마력이 항마력으로 작용하면서 더 이상 뇌전은 데미지를 주지 못했다. 그뿐만 아니라 마기에 침식된 육체는 빠른 재생력을 보이면서 탄화된 부분을 버리고 새로운 살과 피부를 만들어냈다.

그것을 지켜보는 이델의 눈엔 황당함이 서렸다.

"본체의 능력이 높아서 그런 건가. 이 정도 공격으로도 전혀 타격을 주지 못하다니."

이델이 이러는 사이, 우룰가의 시선이 그가 서 있는 곳으로 향했다.

광기 어린 시선이 빛을 발하고 거대한 입이 흉측하게 벌어졌다. 그러더니 그 입에서부터 거대한 광선이 뿜어져 나왔다. 이를 본 이델은 황급히 서 있던 곳에서 몸을 날렸다. 하지만 안심할 수 없었다. 일직선으로 뿜어진 광선이 돌연 방향을 틀며 자신 쪽으로 다가왔기 때문이었다.

"큭!"

위기일발의 상황에서 이델은 에어 워크로 허공이 이리저리 움직이며 공격을 가까스로 피하고 지면에 착지했다. 그런 그를 향해 우룰가는 돌진을 해왔다.

이델은 피할 틈도 없이 우룰가의 거대한 육체와 충돌했다.

"흐아아앗!"

기합과 함께 성검으로 맞서며 이델은 뒤로 발을 끌면서도 쓰러지지 않았다.

이때! 우룰가의 팔들이 이델을 노리고 풍압을 일으키며 날아들었다.

콰앙!

지면이 부서지고 이델의 몸이 저만치로 날아갔다.

충격에 의해 잠시 의식을 잃을 뻔한 이델은 자신을 덮치는 날카로운 이빨들을 보게 되었고 정신을 차릴 수 있었다.

'위험하다.'

이대로라면 우룰가의 밥이 되고 만다. 여기서 그런 죽음을 맞이하는 것만큼 최악이 있을까.

죽음에 직면한 이델은 혼신의 힘으로 손을 빠르게 뻗어 입 천장에 성검을 박아 넣었다.

"쿠어어어!"

입 안으로 들어온 성검은 우룰가에게 극심한 고통을 주었다. 성검 자체가 지닌 신성력이 고통의 주된 원인이었다. 이것을 빼내기 위해 상체를 심하게 흔들기 시작하자 딸려 매달려 있던 이델의 몸도 심하게 요동쳤다.

이런 상황에서 이델은 이것이 기회라고 판단하였다.

성검을 쥔 손에 힘을 있는 힘껏 주며 동시에 검신에 오러를 전개했다. 이에 상처는 더욱 벌어졌고 피가 왈칵 쏟아져 이델의 몸에 더럽혀 갔다. 하지만 이에 아랑곳 않고 이델은 더욱더 치명적인 상처를 주기 위해 기술을 펼쳤다.

"스카이 레인!"

성검에 씌워져 있던 창공검이 파열되면서 상처가 있는 방향으로 무수히 쏟아진다. 그 파편들에 의해 상처가 더욱 벌어지고 그로 인해 성검이 저절로 빠져나오게 되었다.

자유 낙하를 하면서 이델은 우룰가의 가슴을 향해 추가로 연타를 날렸다.

쿵. 쿵.

발 구르기를 하는 우룰가의 아래로 착지한 이델은 위를 향해 검을 들고 앞으로 내달렸다.

"차하아아앗!"

성검이 하반신 아래를 베고 지나가자 정교하게 재단한 것처럼 상처가 만들어졌다. 그렇게 벌어진 상처에서 김이 나는 장기들이 쏟아졌다.

하지만 그럼에도 우룰가는 상처보다 자신에게 상처를 입힌 이델에게 정신을 쏟았다.

'상처는 곧 회복된다. 하지만 이걸로 시간은 벌었어.'

이델은 빠르게 우룰가에게서 거리를 두며 기감을 넓혀 현재 탈출 상황을 알아보았다. 다행히 도시 입구 쪽에서 다수의 기척들이 있는 게 감지되었다.

탈출이 원만하게 이뤄졌다는 사실을 알게 되니 마음이 한결 편할 수 있었다. 이제 남은 건 무사히 여길 빠져나가는 것뿐이었다.

"크아아!"

우룰가의 괴성이 고막을 찢을 듯 들려온다.

마기의 능력으로 상처를 재생시키면서 동시에 무한이라고밖에 생각이 들지 않는 어마어마한 마력을 뿜어내면서 우룰가는 곧바로 무차별 파괴를 자행하기 시작했다.

한 번 시작된 파괴 행위는 멈출 줄 몰랐다. 하지만 정작 파괴 행위의 빌미가 된 이델은 이미 이 자리를 벗어나고 없는 상태였다.

"쿠오오오!"

그런 사실도 모른 채 우룰가는 목적 없는 파괴 행위를 무한히 반복하였다.

*   *   *

몇 개월이라는 시간이 흘렀다.

마족들의 암흑 제국을 지탱하던 기둥 중 하나인 오우거 로드가 폭주를 하다 죽었다는 소식은 은밀히 이곳저곳에서 퍼져 나갔다.

소문을 들은 이들은 모두 커다란 충격을 받았다. 마족의 경우엔 자신들의 견고한 세상이 흔들린 사실에 경악하면서도 일단 쉬쉬하며 소문을 덮으려 했다. 그러나 입소문이라는 것은 쉽게 막을 수가 없었다.

"정말로 마족들의 로드를 쓰러뜨린 것일까?"

"믿을 수가 없어. 어떻게 마족들의 수장 중 하나를 쓰러뜨릴 수 있었던 걸까."

"그들이라면 우릴 구할 수 있을지도 몰라."

노예들 사이에서는 그간 회의적이기만 하던 이노센트 라이트에 대한 평가가 바뀌기 시작했다. 특히 아직 영성을 잃지 않은 덕에 올바른 사고 판단을 할 수 있는 노예들 중에는 희망을 품는 자들도 생겨났다.

그리고 이노센트 라이트처럼 광범위하게 저항 활동을 하지는 않았지만 일부 마족들의 발길이 닿지 않는 지역에 은신처를 만들고 나름 마족들과의 싸움을 펼쳐오던 여러 세력에게도 이 소문이 전해졌다.

특히 이들에겐 특별한 손님들이 찾아간 상태였다.

"예전에 그대들의 제안을 거절했었지. 하지만 이렇게 자네들이 마족들에게 제대로 한 방 먹이는 것을 보니 뒤늦게나마 그 때의 선택이 후회되는군. 늦긴 했지만 나와 내 부족원들도 그대들과 함께 싸울 수 있게 해주겠나."

"저희는 기꺼이 여러분들을 받아들일 겁니다."

사절로 온 이노센트 라이트의 대원은 거대한 돌 의자에 앉은 거인족을 보며 말했다.

그간 함께 싸울 것을 꺼리던 북방 거인족과 그리고 바바리

안 일족들, 그리고 소수로 생존해 있던 엘프와 드워프 족들이 속속 세력하에 들어왔다. 이들 중에는 아직 영성의 쇠락에 영향을 받지 않은 자들이 있었는데 그들 중에서 오러 유저 2명과 대마법사가 존재했다. 이것은 한 명이라도 더 뛰어난 실력자가 필요한 저항 세력에게 있어 아주 반가운 일이었다.

그뿐만이 아니었다. 스스로 탈출해 반 마족 세력에 참가하는 노예 출신들도 많이 생겨났다.

"136명이 새로 가담했습니다."

"알았다. 그들 중에 전투 능력이 있다고 판별되는 자는 훈련장으로 보내도록."

"네."

각지에서 계속해서 들어오는 인원들을 파악해 전투원으로 삼는 작업이 반복되어졌다.

새롭게 유입되는 인구가 많아지고 저번 전투 때 입은 피해를 복구하는 복원 공사가 이뤄지는 까닭에 시온은 어느 때보다도 부산할 수밖에 없었다.

"핫!"

경쾌한 기합 소리와 함께 이델의 성검이 빛을 뿌리며 전방으로 날았다. 이와 부딪치면 크기가 더 큰 대검이 비스듬하게 올려쳐 왔다.

아슬아슬하게 그것을 스쳐 보내며 이델은 곧장 자세를 고치며 검을 찔러 넣었다. 하지만 상대가 된 이올라는 능숙한 검을 옆으로 뉘어 그것을 막아냈다.

"훗, 좋은데."

"이번엔 제가 갑니다."

"응."

이델은 파공음과 함께 자신을 향해 날아드는 대검을 힘껏 상대하였다.

두 사람의 검을 때론 격렬하게 때론 물 흐르듯 부딪쳐 갔다. 실전과 버금가는 공방이었다. 그렇게 한참을 겨루기를 한 끝에 대련은 끝이 났다.

"수고했어, 이올라."

"좋은 대련이었어요."

"둘 다 수고했어!"

옆에서 구경하고 있었던 캐넌과 아리스가 다가와 수건을 건네주었다.

이델은 직접 아리스가 주는 수건을 받았다.

"고마워."

"예."

전과 다르게 피하지 않고 비록 작긴 하지만 대답도 해주는 아리스의 모습에 이델은 마음이 따스해지는 느낌을 받을 수 있었다.

앞으로 있을 큰 싸움을 앞두고 이렇게 쉴 수 있다는 게 얼마나 행복한 줄 모른다.

"그럼 전 먼저 가볼게요."

"벌써 시간이 그렇게 되었나."

달리 맡은 일이 없는 이델과 달리 이올라는 새로 편성되는 부대에 관한 업무를 비롯해 대대적으로 전개될 작전에 대한 준비를 군터를 도와주고 있었다.

잠시 뒤, 대충 흘린 땀을 씻고 정복을 갈아입고 나온 이올라를 본 이델은 슬쩍 말을 건넸다.

"나도 가서 좀 도와줄까."

"그러실 것 없어요. 군터 총대장님이 말씀하셨던 것처럼 이델 경은 그날을 대비해서 힘을 쌓는 데 전념하세요."

"끄응."

이올라의 말에 이델은 말을 잇지 못했다.

마왕과의 결전을 위해서는 누구보다 힘을 키워야 한다는 것을 스스로가 더 잘 알고 있었다. 그 때문에 지난 몇 개월 동안 열심히 수련을 해왔다. 하지만 이미 완성에 가까운 단계에 발전한 수준을 다시 한 번 진일보시킨다는 것은 무척 어려운 일이었다.

물론 그렇다고 해서 포기할 수는 없는 일이었다. 모두가 거는 기대에 부응하여 마왕을 토벌하기 위해서라도 뭐든 하긴

해야 했다.

"그럼 나도 가볼게."

"벌써 가려고?"

"이올라 말대로 수련에 박차를 가해야지. 검술 훈련은 이만큼 했으니 이제 마법 수련을 하려고."

"그럼 나도 따라갈래."

"뭐… 상관없겠지."

구경한다는 것을 말릴 이유는 없었기에 이델은 흔쾌히 캐넌의 청을 받아들였다. 그런데 갑자기 바지를 잡아끄는 고사리 같은 손이 있었다.

그 손의 주인은 바로 아리스였다.

"응?"

"저도… 따라가면 안 될까요?"

"아리스도 함께 구경하고 싶은 거야?"

이델의 질문에 아리스는 살짝 고개를 끄덕였다.

딱히 막을 이유는 없었기에 이델은 기쁜 미소를 지으며 아리스의 머리를 쓰다듬고는 말을 했다.

"좋아."

이델의 허락에 아리스는 눈에 띄게 기뻐했다.

세 사람은 이올라의 기처인 성을 떠나 도시 한쪽에 마련된 마법 훈련장으로 향했다.

"마력을 좀 더 집중해."

"그게 아냐! 그런 식으로 화염을 만들면 자칫 목표에 날아가기도 전에 마법이 흩어지고 만다."

열성적으로 소리치는 교관들의 지시에 따라 초보 마법사들이 혼신의 힘을 쏟아 마력을 구사하는 모습이 보였다.

조금이라도 더 전력이 될 만한 인재를 양성하기 위해 고위 마법사들도 직접 일선에 나서서 한 명이라도 더 전투 마법사로 만들기 위해 노력 중이었다.

그리고 한쪽에서는 꽤 중요한 대화가 이뤄지고 있었다.

"이때의 마법 대처는 이렇게 하면 어떨까요? 이렇게 하는 편이 좀 더 시간을 끄는 데 유리할 것 같다는 게 제 생각입니다만."

─흠, 나쁘지 않은 것 같군. 외부 공세로부터 방어만 할 게 아니라 적의 힘 일부를 흡수해 적에게 돌려주자는 거군. 그러자면 마력이 상당히 많이 필요한 것으로 보이네만.

"그것이라면 문제없습니다. 필요한 마력을 끌어내는 데 충분한 마정석이 현재 보관 중입니다. 그것을 이용한다면 그 문제를 해소할 수 있을 겁니다."

─그렇군.

언데드라는 꺼림칙한 존재였기에 스스로 모습을 감췄던 로스틴이지만 이제는 다른 사람들 앞에 당당히 모습을 드러내고 대화를 나누고 있다.

오우거 로드 우룰가를 쓰러뜨리는 데 결정적인 역할을 한 그의 공로를 모두가 알고 있기에 로스틴이 언데드라고 두려워하거나 피하는 사람은 없었다.

"수고가 많으십니다."

"용사님."

—자네 왔나.

이델의 모습을 마법사들은 경외 어린 시선을 보냈다. 뿐만 아니라 수련 중이던 마법사들도 잠시 손을 멈추고 이델을 보았다.

자신을 향해 뜨거운 시선을 의식한 이델은 멋쩍은 표정을 보였다. 그러면서도 손을 가볍게 흔들어주었다. 그러자 마법사들 사이에서 감격하는 분위기가 조성되었다.

—무슨 일로 왔나.

"아 마법 수련이라도 할까 해서 왔는데 아무래도 주변 분위기상 훈련은 어려울 것 같군요."

—허허, 분위기가 무슨 상관인가. 자네의 훈련을 보고 여기 있는 이들이 조금이라도 더 마법에 대한 깨달음을 얻을 수 있게끔 실력 좀 보여주게.

"하하."

로스틴의 말에 이델은 머쓱하게 웃었다.

"그나저나 조금 전에 나누던 대화는 뭡니까. 꽤 중요하게 이야기하던데요."

—결전 때 펼친 마법 결계에 관한 일로 잠시 의견을 나누고 있었네.

"그렇군요."

로스틴 역시 마왕과의 결전을 위해 여러모로 많은 준비를 하고 있는 모양이다. 지난 침공으로 안 그래도 적었던 마법 전력이 줄어들고 말아 남은 이들이 더 고생하고 있는 것 같다.

이때, 로스틴이 말을 했다.

—마법 훈련이라면 내가 좀 도와줄까.

"예?"

이제는 마력의 상승보다 익히고 있는 주문들을 보다 획기적으로 전투에서 펼칠 수 있는 운용 방식을 숙달하는 편이 더 절실한 만큼 강한 마법사와 마법 전투를 벌이는 것만큼 좋은 훈련은 없다.

허나 지금 여러모로 바빠 보이는 로스틴을 방해하고 싶은 마음이 없었기에 이델은 양손을 바삐 저으며 말했다.

"아닙니다. 공연히 저 때문에 시간을 빼앗기게 할 수는 없죠. 훈련은 저 혼자서도 충분하니 로스틴 님은 원래 보던 일 보세요."

―흠, 괜찮겠나.

"물론이죠."

이델은 염려 말라는 듯 씩씩하게 말했다.

로스틴과의 대화를 마치고 이델은 사람들의 눈에 띄지 않는 장소를 골랐다.

"후우."

간편한 복장을 하고 이델은 잠시 심호흡을 내뱉었다. 그런 모습을 캐넌과 아리스는 숨죽여 가며 지켜보았다.

이델은 한 번 감았던 눈을 번뜩 떴다.

'이올라도 로스틴 님도 저리 열심히 하고 있다. 나도 열심히 하지 않으면 그들을 볼 낯이 없다.'

평소보다 더 할 의욕이 드러낸 이델은 마법 훈련을 평소보다 훨씬 더 열심히 하였다.

그것이 비록 실질적인 실력 향상으로 이어지지는 않았지만 곧 닥쳐올 그날을 대비해 심신을 최상의 상태로 유지하는 데 도움이 되었다.

*　　　　*　　　　*

매일같이 훈련과 휴식을 반복하며 지내던 이델은 반가운 소식 하나를 접하게 되었다.

"그가 돌아왔다고?"

"네."

이델이 말한 그는 바로 남쪽 아삼 대륙으로 긴 여정을 떠났던 드워프 오러 유저 누크란이었다.

신력을 가졌을 것이라 짐작되는 수수께끼의 무녀를 찾으러 떠났던 그가 돌아왔다는 소식에 이델은 한 치도 지체하지 않고 그를 찾아갔다.

"어서 오게."

"예, 총대장님."

이델은 군터에게 고개 숙여 인사하면 군터의 집무실 안으로 빠르게 눈을 돌려 살폈다.

가장 먼저 익숙한 얼굴인 누크란이 보였다. 그리고 반대편에는 갈색 천을 머리에 쓴 여성이 있었다.

'저 여자가 그 무녀?'

이델은 조심스럽게 걸음을 옮겨 여인의 얼굴을 확인할 수 있는 곳까지 갔다. 실례를 무릅쓰고 시선을 집중해 보니 옆얼굴을 볼 수 있었다.

갈색 피부에 청초한 외모를 가진 20대 초반의 여성이었다. 영성이 끊임없이 쇠락해 가는 바깥세상에서 태어난 이라고는 보기 어려울 정도로 지적인 분위기도 엿볼 수 있었다.

상대를 본 이델은 순간 턱하고 말문이 막혔다.

'닮았다.'

처음 본 순간 이델은 생김새도 나이도 다르지만 상대로부터 과거 알고 지냈던 시간의 여신 아루스의 예언가 라이아를 느낄 수가 있었던 것이다.

이델이 멍하니 여인을 보자 군터가 나섰다.

"소개하지. 이쪽은 노스텔지스의 무녀 알테미아이네."

"……"

알테미아는 자신이 소개되었음에도 불구하고 입은 다문 채 초점 없는 시선으로 이델을 보았다.

눈을 마주친 이델은 잠시 흠칫했지만 곧 평정심을 되찾고 말을 꺼냈다.

"날 소개하자면……."

"당신이…그분이시군요."

알테미아는 처음으로 입을 열어 말했다. 청량한 목소리였다. 그리고 그 목소리에는 반가움이 깃들어 있었다.

자신이 신분을 밝히기도 전에 자신을 알아보는 알테미아를 향해 이델은 이것을 묻지 않을 수 없었다.

"나에 대해서… 아는 건가."

"안다고 하면 알고 모른다고 하면 모릅니다."

애매모호한 말로 알테미아는 답했다.

뜻을 알기 어려운 답답한 대답이었지만 이델은 이게 거북

하지 않았다.

과거, 그가 알았던 무녀 라이아 역시 이런 식의 화법을 썼기 때문이었다.

"그렇군. 그대는 아루스의 무녀이니 과거나 혹 미래의 시간을 통해 나를 알았던 거군."

"예, 그렇습니다. 전 이미 수 년 전에 바로 이 시간 이 장소에서 시간을 뛰어넘은 당신을 만날 것을 알고 있었습니다."

"역시 시간의 여신 무녀다워."

미래를 예지하고 머나먼 과거의 일을 볼 수 있는 무녀다운 말이었다.

적어도 그 능력만큼은 천 년의 시간이 흐르고 또 마왕의 권능이 세상을 뒤덮고 있어도 문제없이 이어진 것을 보니 당초 목표인 신력의 보유를 기대할 수 있었다.

알테미아는 미소를 지으며 말했다.

"시간을 뛰어넘어 세상의 운명을 바꿀 중대한 사명을 가지신 분을 이렇게 직접 뵈니 너무나 기쁩니다."

"운명을 내가 바꿀 수 있는 건가."

"그건 모릅니다. 미래는 늘 변하는 것, 운명이라는 게 절대적이지 않듯이 미래 역시 조그마한 흐름에도 쉽게 바뀌기 마련이라 저 같은 미천한 자의 입을 통해 함부로 미래를 확정지어 말할 수는 없는 일입니다."

"그녀와 같은 말을 하는군."

이델은 말하는 것까지도 전대의 무녀인 라이아와 같은 알테미아를 보며 쓴 미소를 지었다.

사실 미래를 안다는 것은 마냥 좋은 일만은 아니다.

가령 반드시 해야 할 일인데 그 일을 달성하기 위해서는 누군가가 희생되어야 한다는 미래를 안다 치자. 그럼 과연 어떤 선택을 해야 할까.

미래를 바꾸기 위해 하려는 일을 포기하는 방법을 선택한다면 어쩌면 그것이 문제가 되어 더 큰 재앙을 만들 수도 있다. 그렇다고 예정된 미래대로 간다면 지정된 그 사람이 자신의 운명에 따라 죽을 수도 있다.

물론 변수는 있다.

알테미아의 말처럼 미래도 운명도 절대적인 것이 아니다. 하지만 그것을 극복하려면 반드시 그것을 뛰어넘는 의지가 필요하다.

결국 가장 좋은 것은 미래를 아는 것에 목매지 않고 스스로 미래를 개척하는 것이라고 라이아는 조언을 해줬었다.

그때의 기억을 떠올린 이델은 미래에 대한 것은 더 묻지 않기로 했다. 대신 이런 질문을 하였다.

"이미 알고 있으리라 생각하지만 그래도 물을게. 그대가 이곳에 온 까닭은 마왕을 토벌하기 위한 결계의 한 축을 만들

기 위함이야. 해서 말인데 그대는 과연 그 조건을 만족시킬
수 있는가?"

"저에게 바라시는 게 무엇인지는 저기 계신 누크란 님에게
들어 알고 있습니다."

"그럼."

이델은 기대 어린 눈빛으로 알테미아를 보았다.

알테미아는 약간은 씁쓸한 미소를 지으며 고개를 한 번 가
로젓고는 말을 꺼냈다.

"안타깝지만 저에겐 그런 힘이 없습니다."

"그런……."

예지 능력을 가졌지만 신성력을 가지지 않았다는 말에 이
델은 쭉 힘이 빠지는 기분이 들었다.

마왕 토벌을 위한 마지막 퍼즐을 맞출 수 없다면 지금까지
준비한 모든 게 허사가 되고 말기에 좌절감은 이루 말할 수
없을 만큼 컸다.

헌데 알테미아의 말은 아직 끝난 게 아니었다.

"비록 저에겐 그런 힘이 없지만 여러분께서 원하시는 일은
할 수 있도록 도울 수는 있어요."

"그게 무슨 말인지 자세히 설명해 줘."

"침착하세요."

평소와 다르게 흥분하는 이델을 보며 알테미아는 평온하

게 말했다.

이미 언질을 받았는지 조용한 군터와 누크란을 침착하기만 했다. 이에 자신이 너무 흥분했다는 것을 깨달은 이델은 스스로를 진정시켰다.

"미, 미안. 내가 좀 흥분했던 것 같아."

"아닙니다."

"그보다 방금 전의 그 말에 대해 자세히 좀 이야기해 줘."

이델의 말에 고개를 간단히 끄덕인 후 알테미아는 말을 시작했다.

"전 저와 같은 인간들이 아닌 유사 인간들 사이에서 자랐습니다. 어떻게 해서 제가 그들 사이에서 자라났는지는 모르지만 그들은 절 어여삐 살펴 잘 자랄 수 있게 해주었죠."

"……."

이델은 조용히 들으면서 알테미아를 바라보았다.

갑자기 해야 할 이야기가 아닌 자신의 과거를 이야기하는 알테미아가 이해되지 않았지만 또다시 말을 끊을 수 없어 일단 계속 듣기로 했다.

"인간이 아닌 다른 존재들과 살아온 제가 이렇게 여러분과 같은 말을 할 수 있는 것은 교육을 통해서가 아니라 과거를 본 덕분입니다. 물론 과거를 보는 것은 어디까지나 과거 무녀들의 기억뿐이라 그분들이 알고 있는 지식들만 받아들일 수 있었지만 그것만으로도 전 많은 것을 배울 수 있었죠."

이것은 처음 안 사실이었다.

설마 과거를 본다는 게 전대 무녀들의 기억을 더듬어 본다는 것일 줄이야.

"그렇게 배운 것 중에서 무녀만이 할 수 있는 특수한 의식이 있습니다."

"의식?"

"그 의식은 인과율을 벗어나 시간의 틈을 만들 수 있는 의식입니다."

"잠, 잠깐만. 시간의 틈이라면 혹 현재 시간이 아닌 과거나 미래의 시간과의 사이에 틈을 만든다는 건가?"

"예."

대수롭지 않게 말을 하는 알테미아를 보며 이델은 속으로 기막혀 했다.

시간을 뛰어넘는 일은 마법으로도 불가능하다. 그것은 말 그대로 신의 이적이 아니고는 불가능한 일이라 할 수 있다.

'아니 잠깐. 시간의 여신을 모시는 무녀라면 불가능하지 않을 지도.'

다른 신들과 다르게 관조자적인 느낌이 강한 시간의 여신 아루스는 오직 한 명의 무녀에게만 강대한 권능을 내리기로 유명한 신이다. 그것을 생각한다면 마법을 초월한 능력을 보인다고 해도 이상한 것은 없는 일이다.

"그 시간의 틈을 만들 수 있다고 하면 우리가 하려는 일이 가능할 수 있단 말인가."

"잠시지만 시간의 틈새로 과거의 시간대에서 여신의 힘을 끌어올 것이에요."

"그게 정말로 가능하다는 건가."

"가능성에 대해 묻는다면 제가 대답할 수 있는 말은 없습니다. 전 단지 이분께 그런 방법이 있다고 말씀드렸고 제안을 받아 이곳에 온 것에 지나지 않아요."

알테미아의 말에 이제껏 조용히 두 사람의 대화를 지켜보던 누크란이 입을 열었다.

"나도 그녀의 이야기를 100% 믿기 어려웠네. 하지만 그대로 빈손으로 돌아올 수 없었고 또 말이 사실이라면 충분히 역할을 해줄 수 있다고 기대해 함께 오게 된 것이네."

"무슨 말씀인지는 저도 잘 압니다."

이델이 염려하는 것은 다른 것이 아니었다.

차라리 신성력을 끌어낼 수 없다고 하면 좀 시간이 걸리더라도 다른 대체 방안을 찾았을 것이다. 하지만 이 경우는 참으로 곤란했다.

본인 스스로도 장담하지 못하는 방법으로 단 한 번뿐인 기회에 도전한다는 것은 자칫 모든 일을 허사로 만들 수도 있는 일이었다.

이런 이델의 반응을 본 군터는 차분히 말했다.

"그녀가 아루스의 무녀라는 것을 이미 입증되었네. 그녀의 말대로 가능성이 100%가 아닌 만큼 그날까지 다른 방도를 찾아볼 것이네. 그리고 알테미아 양의 방식으로 과연 정말로 신성력을 이 땅에 강림시킬 수 있는지에 대해서도 다각적으로 확인해 볼 것이네."

"후, 알겠습니다."

약간 낙심하며 말하는 이델을 보며 알테미아는 이런 말을 전했다.

"당신이 이 시대에서 다시 눈을 뜨게 된 것은 어쩌면 신들의 안배일지 몰라요. 부디 초심을 잃지 마시고 자신을 믿고 미래로 향하는 길을 걸으세요."

"……."

시간의 여신 아루스의 무녀로서 하는 예언일까. 아니면 단순한 위로의 말인 것일까. 어찌 되었든 가슴 속에 와 닿는 말이었기에 이델은 감시의 뜻을 고개를 살짝 끄덕였다.

*　　　　*　　　　*

불확실하지만 신성 결계를 칠 수 있는 마지막 열쇠를 손에 넣은 뒤로 더욱 반격의 때가 가까워짐을 느낄 수 있었다.

이런 가운데 마족들의 동태를 파악하는 움직임이 활발하게 이뤄졌다.

예상과 다르게 암흑 제국과 마족들의 움직임은 거의 조용했다. 내부적으로 발생한 불안 요소 때문에 그런 것이라고 예상할 수 있었지만 호전적인 그들을 복수를 꿈꾸지 않는다는 것은 아무래도 납득이 안 되는 일이었다.

이런 가운데 아주 중요한 첩보가 이노센트 라이트 본부에 전달되었다.

이에 군터는 주요 인물들을 소집해 회의를 열었다.

"마왕이 각 로드들을 소집했다는 정보가 입수되었습니다. 이는 그들이 곧 행동이 개시할 것이라는 것으로 받아들일 수 있지 않겠습니까."

"가능성은 충분하지. 현재 마족들 사이에서 용사에 대한 소문은 어느 정도 퍼졌나."

"저희가 적극적으로 소문을 흘려서 그런지 이미 꽤 많은 마족들이 용사에 대한 이야기를 접한 모양입니다."

"그렇군."

오우거 로드 우룰가를 쓰러뜨린 인물이 보통 인간이 아니라 마왕을 쓰러뜨릴 수 있는 용사라는 소문을 의도적으로 흘린 결과, 마족들 사이에서 용사의 존재가 부각되고 있었다.

당초 마왕을 전장으로 끌어내기 위한 방법으로 용사의 존재를 알리는 게 오우거 로드 우룰가를 쓰러뜨린 진짜 이유였으니 이런 소문이 빠르게 유포되는 것은 바라는 일이었다.

이때, 어떤 누군가가 말을 꺼냈다.

"마족들의 기세를 꺾은 것은 좋은 일이지만 자칫 이 일로 감당할 수 없는 대군이 이곳으로 몰려오지 않을까 걱정입니다."

"그럴 수도 있겠지."

"저번에도 큰 피해를 입었었는데……."

술렁이는 모두를 보며 군터는 말을 꺼냈다.

"용사의 존재는 마왕과 마족들에겐 가장 두려운 존재입니다. 결코 이 존재를 좌시하지 못하게 만든 이상 그들에게 보이지 않는 족쇄가 채워졌다고 보시면 됩니다."

"그 말씀은 우리가 걱정하는 대대적인 침공이 일어나지 않을 것이란 말씀이십니까?"

"장담은 하긴 어렵지만 저와 정보부가 토의한 결과에 의하면 그럴 확률은 낮다고 봅니다."

"휴."

군터의 말에 회의 참석자들은 안도의 표정을 지었다.

지금은 해산된 평의회의 의원이었던 카디엘이 여기에서 다른 안건을 거론했다.

"마왕 토벌에 대한 준비는 어느 정도까지 끝났는지 알고 싶네."

"이제 거의 막바지입니다."

군터는 차분히 대답했다. 완벽하게까지는 아니더라도 실제 최종 작전에 대한 준비는 많이 진척된 상태였다.

이 대답을 전해 들은 카디엘은 굳은 얼굴로 재차 말했다.

"지금 시온에 남아 있는 식량으로는 새로 유입된 인구까지 감당하기 어렵네. 어찌어찌 한 계절을 버틸 수는 있겠지만 침공으로 인해 경작지가 많이 파손되어 그 뒤를 장담하기 힘드네."

"……."

"우리 빛의 종족들과 인간족으로 마지막 운명이 걸린 싸움인 만큼 재촉할 수는 없겠지만 이후의 일을 생각해 줬으면 하네."

"알겠습니다."

군터는 카디엘의 말에 살짝 고개를 대답했다.

군터의 바로 오른쪽 자리에 착석해 회의에 참가하고 있던 이델은 이 대화를 듣고 속으로 생각을 해봤다.

'확실히 식량 문제를 가볍게 볼 문제는 아니겠지.'

침공으로 입은 피해로 인해 당장 식량 사정이 어려워진 마당에 새로 유입된 세력까지 더해진 상황이다.

만약 식량이 제대로 공급되지 못하고 굶주리는 자들이 생겨난다면 필시 내부적으로 문제가 생길 것이다. 그렇게 되면 기껏 공들여 준비한 작전을 실행에 옮기는 것은 고사하고 모든 게 와해되어 버릴지도 모른다.

하지만 그렇다고 현 시점에서 작전을 강행할 수는 없다. 다른 것은 별로 문제될 것이 없지만 아무래도 마왕의 힘을 억제할 신성 결계의 한축이 불안하기 때문이었다.

이델이 이런 생각을 하는 사이에 한 명의 인물이 벌떡 일어나 말을 하였다.

"군터 총대장님! 식량 사정에 발목이 잡힐 수는 없습니다. 시기를 앞당겨 마왕 토벌 작전을 펼치시지요."

"저도 찬성입니다. 비록 외부에서 흘러온 몸이지만 이미 여러분의 작전에 목숨 바쳐 참가할 생각을 굳히고 있었습니다. 설령 제 목숨이 끊어지더라도 반드시 작전을 성공시켜 보이겠습니다."

새로 합류한 엘프 오러 유저까지도 전의를 불태우며 조기 작전을 주장하였다.

분위기가 이렇게 흘러가자 이델은 당황하지 않을 수 없었다.

"잠시만 여러분."

이델이 작게 한마디 했을 뿐이었다. 그런데 모두의 시선이 그를 향해 꽂혔다.

실질적인 지휘관은 군터지만 이 모든 일을 이루는 데 정신적 지주는 바로 용사 이델이었기에 그의 말을 무시할 사람은 이 중에 아무도 없었던 것이다.

잠시 시선을 의식하고 난감한 듯 어색한 미소를 지었던 이델은 말하려던 말을 입 밖으로 꺼냈다.

"여러분들이 마왕을 하루라도 빨리 쓰러뜨리고 싶은 마음은 잘 알겠습니다. 하지만 한 번의 기회라는 것을 잊지 않으셨으면 합니다."

"으음."

"하긴 그렇긴 하지. 자칫 섣불리 거사를 치르다 문제가 생기면 큰일 아닌가."

이델의 말은 확실히 큰 파급력을 가졌다.

방금까지만 해도 흥분해 달아오른 분위기가 가라앉자 가만히 지켜보던 군터가 말을 꺼냈다.

"용사 이델의 말대로 시기를 너무 앞당기는 것은 좋을 게 없을 것 같다는 게 제 생각입니다."

"그럼 식량 문제는 어떻게 처리하실 생각이신가요?"

이 자리에 참가한 이올라가 질문하자 군터는 그녀 쪽을 보며 답변했다.

"그 문제라면 크게 신경 쓸 것 없다."

"하지만 이대로 있으면 문제가 생길 겁니다. 다소 위험을 각오하더라도 마족들의 마을에서 식량을 확보하는 것이……."

"아니, 지금은 그럴 때가 아니네. 지금 우리는 마왕과 마왕군에 정면으로 도전장을 내놓은 상태네. 그런 상황에서 도적들이나 하는 일을 한다면 기껏 조성한 결전 분위기가 사라지고 말 걸세."

"예……."

나름 틀린 말은 아니었다.

겨우 마족들에게 가볍게 볼 상대가 아님을 알린 마당에서 그 이미지를 퇴색시킬 수는 없는 노릇이었다. 그리고 모든 것은 단 한 번의 전투로 결판지어야 하는 마당에 허투루 전력을 밖으로 마구 노출시키는 것도 총지휘관인 군터의 입장에서 곤란할 것이었다.

하지만 식량 문제를 그냥 손 놓고 방치할 군터가 아니었다.

'어쩌면… 군터 총대장은 계절이 지나기 전에 승부를 보려는 것일지도 모르겠어.'

단순한 추측일 뿐이지만 막연히 그런 생각이 떠올랐다.

가까운 시일 안에 자신을 비롯해 사람들에게 구체적으로 말을 할 것이라 생각은 들었지만 그래도 좀 더 빨리 군터가 지니고 있는 마왕 토벌 작전에 관한 내용을 알고 싶다는 생각을 문득 하게 되었다.

어느덧 회의는 막바지로 접어들었다.

워낙 현재 진행 중인 일이 많은 까닭에 회의는 길어졌기에 일부 참석자들은 피로를 참지 못하고 꾸벅꾸벅 졸기까지 했다. 그런데 그런 사람 중 한 명이 이델이었다.

"흐아암."

피곤함에 길게 하품을 흘리며 이델은 졸린 눈으로 군터를 보았다.

아주 사소한 부분까지도 꼼꼼하게 준비시키며 회의 내용을 이어가는 군터가 대단하게만 보였다.

'언제 끝나려나. 으윽, 죽겠네.'

막 이런 생각을 하는 타이밍에 군터가 좌중을 두루 보더니 반가운 말을 하였다.

"그럼 오늘은 이쯤 하겠습니다. 다들 수고 많았습니다."

이 말에 반 수 이상의 참석자가 크게 반색했다.

"아, 자넨 나와 잠깐 이야기를 나눌 수 있겠나."

"따로 할 말이라도 있는 겁니까?"

"잠시면 되네."

뭔가 할 말이 있어 보이는 군터의 눈빛을 읽은 이델은 흔쾌히 고개를 끄덕였다.

회의장을 나와 밖으로 통하는 테라스로 나간 두 사람은 시

원한 바람을 맞으며 나란히 섰다.

"말씀하시죠."

"실은… 한 가지 자네에게 중요하게 말할 게 있네."

진중한 표정으로 말하는 군터를 본 이델은 잠깐 가졌던 가벼운 기분을 버리고 진지해졌다.

"무엇입니까, 그 중요한 말이."

"지금 준비하는 마왕 토벌 작전에 대한 것이네."

"혹 준비하는 일에 무슨 문제라도 있는 것입니까?"

자신이 모르는 문제가 있는 게 아닐까, 이델은 살짝 염려하며 군터를 보았다.

군터는 고개를 간단히 가로젓고는 말을 이었다.

"지금 진행 중인 밑 작업들은 순조롭네. 이미 마왕과 싸울 장소도 물색해 놓은 상황이고 외부적으로도 큰 위험 요소는 없네."

"그럼 대체……."

"이 이야기는 오직 자네에게 하는 이야기네."

"예."

"마왕 토벌 작전은 자네도 알다시피 단 한 번의 기회만으로 성공시켜야 하네."

"알고 있습니다."

말하지 않아도 이델뿐만 아니라 대부분의 사람이 알고 있는 사실이었다.

군이 이런 이야기를 하자고 따로 불러낸 것은 아닐 것이라는 생각에 이델은 군터의 다음 말을 기다렸다.

"아마도… 이 작전을 성공시키기 위해 수많은 목숨이 사라지게 될 것이네. 그중에는 나도 있을 수 있겠지."

"……."

"두 번째 기회가 없는 만큼 반드시 이 작전을 성공시켜야 한다고 난 생각하네. 그래서 말인데… 난 자네에게 희생을 각오해 달라고 부탁할 수밖에 없을 것 같네."

이 말에 잠시 얼어붙었던 이델은 곧 피식 웃으며 말했다.

"무슨 말을 하신다고. 그런 것쯤이야 이미 각오한 바입니다."

"내가 왜 모르겠나. 하지만 내가 말하는 것은 그런 희생이 아니네."

"그 말씀은 즉……."

"만에 하나 기회를 살릴 수 있는 방도가 없게 될 때가 닥쳐온다면 마왕을 쓰러뜨릴 수 있는 확실한 최후의 수단이 필요하네."

"뭔가 방법이 있는 것입니까?"

이델은 이 말을 꺼낸 이유가 바로 최후의 수단에 대한 이야기임을 눈치챘다.

먼저 선뜻 말을 하지 못하는 군터를 보며 이델은 먼저 말을 꺼냈다.

"말씀해 주십시오. 그 최후의 수단이 무엇입니까."

"그건⋯."

평소의 군터답지 않게 말을 쉽게 하지 못하는 것을 본 이델은 또다시 한 가지 사실을 눈치챌 수 있었다.

"혹 그것이 마왕만이 아니라 저, 그리고 다른 사람들에게 위협이 되는 겁니까."

"맞네."

군터는 이델의 말에 짧게 답했다.

그 대답에 이델은 생각보다 크게 놀라지 않았다.

"그렇군요."

"미안하네. 될 수 있다면 그 최후의 수단이 쓰이지 않도록 노력하겠지만 불가피할 경우 난 그것을 쓸 수밖에 없을 것이네."

"이해합니다."

군터가 하고 있는 생각을 읽었기에 그를 비난하고 싶은 생각은 없다.

이 또한 대의를 위한 일, 설령 그로 인해 자신이 죽더라도 목표를 달성할 수 있다면 뭐든 상관없다는 게 이델의 판단이었다.

"전 아무래도 좋습니다. 그 수단이 확실히 마왕을 쓰러뜨릴 수 있는 것이라면 기꺼이 뒤를 맡길 것입니다."

"그리 말해주니 고맙군."

"천만에요."

"그러면 그 수단이 무엇인지 말씀해 주시겠습니까."

"알겠네."

군터는 이델에게 최후의 수단이 어떤 것인지 차근차근 들려주었다. 이야기를 듣는 이델의 모습은 그 어느 때보다 진지했다.

한편, 이 두 사람의 대화를 몰래 엿듣는 이가 있었다. 오러유저인 두 사람을 감쪽같이 속일 수 있는 바로 이올라였다.

꾸욱.

나누는 대화를 들은 이올라는 창백한 얼굴을 하며 아래로 내린 손에 힘을 주어 주먹을 쥐어보았다.

*　　　*　　　*

마왕 제노스는 이례적으로 마왕성을 떠난 지 얼마 되지도 않아 다시 돌아왔다. 돌아올 때의 그는 어딘가 들뜬 모습이었다.

"후후."

마왕의 격식에 맞는 복장을 스스로 갖추고 옥좌에 앉은 제노스는 기분 좋은지 콧소리까지 흥얼거렸다.

반면 아래에 부복한 이들은 긴장을 감추지 못했다.

"마왕님."

"뭐지, 고튼."

제노스에게 말을 건 자는 뱀파이어의 사내였다.

검은 마신의 문양이 크게 그려진 온몸을 거의 가리는 붉은 망토를 입은 그는 마왕 직속의 어둠의 수호자 중 한 명이었다.

총 열 명으로 구성된 어둠의 수호는 일렬로 부복해 고개를 숙이고 있었다.

"저희에게 명을 내려주십시오. 용사라는 거짓 희망에 기대 감히 마왕님의 치세를 어지럽힌 그들을 저희가 깨끗하게 청소하겠습니다."

"관둬."

툭 던져진 말에 고튼뿐만 아니라 다른 어둠의 수호자도 놀라며 숙였던 고개를 들었다.

제노스는 자신을 보는 어둠의 수호자들을 향해 경쾌하게 말했다.

"모처럼 나와 대적할 만한 상대가 나타났는데 즐거운 마음으로 상대해 줄 생각이다. 그러니 너희는 참견하지 말도록 해.”

“마왕님께서 직접 나서실 필요가 없으십니다.”

유일한 여성인 다크 스피리트가 격렬하게 반응했다.

그 옆에 있던 거대한 덩치의 오우거도 말을 보태며 제노스의 결정을 번복시키려 했다.

“용사라는 것도 헛소문일 게 뻔합니다. 그러니…….”

“헛소문이 아니다. 우룰가를 그렇게 만든 자는 용사가 분명하다고 내가 보증하지.”

“그, 그런!”

확정 짓는 제노스의 태도에 방금 전 말을 했던 오우거는 당황하는 기색을 내비쳤다.

이때, 조용히 한쪽 구석에 있던 유일한 비 어둠의 종족인 인간족 기사 밀란이 입을 떼었다.

“만약 용사가 정말로 맞는다고 한다면 마왕님께 상극인 존재이지 않습니까. 자칫 신변에 문제가 생길 수도 있으니 자중하시는 좋습니다.”

“뭐라고 하는 것이냐, 인간!”

“마왕님의 신변이 위험해질 수도 있다니. 그 말은 즉, 마왕님께서 그 용사라는 존재에게 지기라도 한단 말이냐.”

다른 어둠의 수호자들의 질타에도 밀란은 눈썹 하나 까딱하지 않았다.

그런 밀란을 재미있다는 듯이 보던 제노스는 곧 손을 들어 다른 어둠의 수호자들을 자중시켰다.

"그의 말이 틀리지 않다. 용사란 무릇 마왕을 멸하기 위해 존재하는 자. 그라면 나에게 위협이 충분히 될 수 있는 일이지."

그 말에 고튼이 조심스럽게 진언을 올렸다.

"그렇다면 더욱 마왕님이 나설 게 아니라 저희에게 이 일을 맡겨주십시오. 조금이라도 마왕님께 위해가 될 수 있는 것을 배제하는 것이 저희의 사명, 마땅히 그 용사라는 존재를 지워야 하는 게 저희 임무라고 사료됩니다."

"흠, 그럴지도 모르지."

턱을 손가락으로 쓰다듬으며 말한 제노스를 어둠의 수호자들은 눈빛을 반짝거리며 보았다.

안 그래도 딱히 맡은 임무도 없이 마왕성만 지키던 그들이다. 이번 일을 맡아 성공리에 돌아온다면 그 위상은 한껏 치솟을 것이 분명했다.

공명심에 불타는 수하들의 모습을 보던 제노스는 갑자기 고개를 크게 가로젓고는 말했다.

"아니, 역시 용사를 상대하는 것은 내 몫이다."

"하, 하지만……!"

"이번에 벌어진 일, 이것은 나를 전장으로 부르고자 함이다. 이 부름에 응당 따라줘야 마왕으로서의 위신이 서지 않겠는가."

부하들에게 말을 하며 제노스는 마음속으로 한 번 마주쳤던 이델의 얼굴을 또렷하게 떠올렸다.

첫 만남 때부터 이델에게서 특별한 인연을 느꼈다. 그리고 직접 그의 힘을 체득하였다. 그때부터 언제고 다시 만날 날을 꿈꿔왔기에 이 초대를 마다할 마음은 털끝만큼도 가지고 있지 않았다.

이러한 제노스의 고집을 어둠의 수호자들은 꺾을 수 없었다.

쿵.

갑자기 마왕성이 살짝 흔들렸다.

"이런, 슬슬 저 일을 처리할 것 같군."

충격의 원인을 잘 아는지 이렇게 말을 중얼거린 제노스는 옥좌에서 일어났다.

이에 어둠의 수호자들이 들었던 고개를 다시 아래로 향하며 예를 취했다.

"그럼 그렇게들 알고 있도록."

"예."

마왕의 명령은 어둠의 수호자들에겐 절대적인 것이었다.

제노스는 어둠의 수호자들을 뒤로 하고 성 아래로 향하는 계단을 내려갔다.

굳이 발로 이동할 것도 없이 자유롭게 공간 이동을 할 수도 있지만 고집으로 걸어 내려온 그는 커다랗게 조성된 지하 석실 안에 들어섰다.

"크워어어어!"

그곳엔 엄청나게 굵은 쇠사슬에 칭칭 묶여 있는 우룰가가 있었다.

"오, 오셨습니까."

"그래."

마법사 로브를 입은 오크가 허리를 조아리는 것을 보지도 않고 제노스는 우룰가를 응시했다.

마기에 의해 완전히 변해버린 우룰가는 한 마리의 거대한 마수였다.

이넬과의 전투 이후 우룰가는 카디악을 파괴하고 그 뒤로도 닥치는 대로 도시들을 파괴해 나갔다. 심지어 그가 지냈던 도시까지도 말이다. 이로 인해 죽은 마족만 수만에 이르렀고 군대 역시 타격을 입고 말았다.

그렇지 않아도 그전에 난데없이 나타난 레비아탄에 의해 하넬타 대륙 남부 해안 지대가 초토화된 마당에 이런 일까지 벌어지자 하넬타 대륙은 사실상 대 공황 상태로 접어들고 말았다.

결국 우룰가를 막기 위해 칠흑의 기사단을 비롯한 정예 병력들이 파견되었고 격렬한 전투가 이뤄졌다.

이 싸움으로 마왕군 측이 입은 피해는 컸다. 오러 유저나 대마법사들의 희생도 나오고 일반 병사도 많이 잃고 말았다. 하지만 그 희생으로 끝내 우룰가를 제압할 수 있었다.

제압은 했지만 문제가 남았다. 그 문제는 바로 우룰가를 처리하는 방법이었다.

마기에 침식된 우룰가는 결코 보통의 방법으론 죽지 않고 끈질기게 부활하였기에 그 처리를 위해 이곳 다르나로스까지 압송되어 온 것이었다.

"점점 시간이 흐를수록 구속에 대한 저항이 강해지고 있습니다. 이대로 둔다면 지금 묶고 있는 구속이 풀어질 수도 있습니다."

"흠, 알았다."

사정을 들은 제노스는 터벅터벅 우룰가를 향해 걸어갔다.

결계를 뚫고 들어오는 존재를 느낀 우룰가는 본능적으로 거대한 입을 쩌억 벌렸다. 그러더니 강대한 마력을 응축시킨 마력탄을 날렸다.

"헉!"

"위험하십니다."

뒤에서 목소리가 들려왔지만 제노스는 느긋했다. 그가 걸음을 멈추지 않고 가볍게 손을 저었다. 그러자 놀랍게도 강력한 마력탄이 허공에서 스러져 갔다.

제노스는 빛의 파편이 되어 흩어지는 마력 사이를 지나며 나직이 말했다.

"안타깝구나. 한때 아꼈던 네가 이런 추한 모습이 되다니 말이다."

"크르르."

가깝게 다가온 제노스로부터 알 수 없는 본능적인 두려움이 느낀 우루가는 방금까지와 다르게 잔뜩 경계하는 모습을 보였다.

그 모습을 본 제노스는 자신의 눈빛에 슬픔을 담았다.

"그 모습으로 살아간다는 것은 너로서도 괴로운 일이겠지. 그러니 내가 더 이상 고통 받지 않게 해방시켜 주마."

말을 하는 사이에 제노스의 손바닥은 우룰가의 몸과 밀착되었다.

이런 상황에서도 우룰가는 감히 제노스를 공격하지 못했다.

"잘 가라."

짧은 말과 함께 제노스의 손바닥에서부터 검은 기류가 흘러나왔다.

검은 기류는 우룰가의 전신에서 흘러나와 제노스의 손바

닥으로 향했다.

잠시 뒤, 우룰가의 육체가 가루처럼 변하며 흩뿌려지기 시작했다. 육체를 유지하던 마기가 모두 제노스에게로 빨려들어 간 결과였다.

"너의 영혼은 언제나 나와 함께할 것이다."

먼지로 화해 사라지는 우룰가에게 마지막 말을 전한 제노스는 망설임 없이 뒤로 돌아섰다. 그리곤 경외 어린 시선으로 자신을 보는 자들의 시선을 받으며 석실을 빠져나갔다.

3장

전쟁의 서막

시간은 유수와 같이 빠르게 흘러갔다.

세계의 향방을 정할 마지막 전투를 위해 반 마족 세력은 시온을 중심으로 집결해 만반의 준비를 끝마쳤다.

"다시 한 번 세계의 명운을 바꿀 것입니다."

"와아아!"

"그럼 작전을 개시합니다."

군터는 드디어 마왕 토벌을 위한 장대한 작전의 시작을 알렸다.

아직 완벽하게 준비가 끝났다고 볼 수 없지만 더 이상은 미룰 수 없었다.

마침내 시작된 반격!

반격을 위해 일어난 저항군의 선두에는 용사 이델이 있었다.

"모두 절 따르십시오."

"용사님을 따라라."

"우와아아."

이델이 앞장 서 달리자 수천의 저항군 병사는 기세 높여 그 뒤를 따랐다.

이들이 상대하는 적은 수림 팔로스를 포위하고 있던 마왕군이었다.

"간다!"

이델이 성검을 높이 쳐들자 검신에서 눈부실 정도로 밝은 빛이 뿜어져 나왔다.

그 모습을 본 병사들의 사기는 더욱더 커졌다.

'하하, 이건 과거나 지금이나 사기 치는 기분이 들게 하는 걸.'

사실 지금 성검에서 빛이 나는 것은 단순한 라이트 주문에 의한 것이었다.

말 그대로 보여주기 쇼라고 보면 된다. 하지만 이런 행위만으로도 뒤따르는 사람들의 사기를 크게 올릴 수 있다는 것은 과거 시대에서도 경험했던 까닭에 스스로 사기 치는 기분을 받으면서도 이런 행동을 한 것이다.

맨 앞에서 달리는데 앞에서 각종 공격 마법들과 화살 비가 쏟아져 내렸다.

"하아앗!"

이델은 공중을 향해 크게 검을 휘둘렀다. 하늘빛 오러가 길 게 뻗어가면서 날아오던 마법과 화살들을 분쇄하였다.

"오오! 역시 용사님."

"용사님이 있는 한 두려워할 것 없어."

잠시 하늘에서 날아드는 공격에 움찔했던 병사들은 다시금 용기 내어 앞으로 달렸다.

그런 그들 앞엔 창검을 앞세우고 기다리고 있는 마왕군들이 있었다.

아군의 수는 약 5,000 정도였다. 반면에 마왕군의 숫자는 약 2만에 달했다.

적지 않은 적들이었지만 이미 사기가 하늘 끝까지 치솟은 저항군은 그에 개의치 않고 돌격해 들어갔다.

"공파참!"

제일 먼저 적진에 뛰어든 이델은 기술을 써서 한 무리의 마족들을 쓰러뜨리곤 공간을 확보했다.

이델이 오러를 대놓고 드러내자 마왕군 병사들은 선뜻 먼저 공격을 취하지 못했다.

"포스 스트라이크."

일직선으로 날아가는 광탄에 앞에 있던 적들이 주르르 쓸려 나갔다.

"하아앗, 뇌공검!"

전격을 감싼 하늘빛의 검신을 약 3m 가량 뽑아내고 이델은 자신이 연 길을 따라 쭉 달려 나가며 좌우의 적들을 베어 나갔다.

이델이 무너뜨린 틈은 곧 저항군 병사들에게 길이 되었다.

"마족 놈들, 각오해라."

"노예로 산 지난 30년에 대한 복수다."

마족에 대한 증오심에 불타는 저항군 병사들은 상대적으로 무장이 잘 갖추고 훈련도도 뛰어난 마왕군 병사들을 오히려 압도하는 놀라운 모습을 보여주었다.

순식간에 마왕군의 진형이 와해되기 시작하고 그쪽의 피해가 빠르게 커져 갔다.

이때, 하늘에서 땅으로 무수한 그림자들이 생겨났다.

그 그림자들의 정체는 바로 와이번 라이더와 가고일이었다.

"크롸라라라."

와이번이 소리를 지르며 빠르게 하강하더니 불길을 뿜어

냈다. 불길에 당한 이들이 불타는 몸을 마구 움직이다 쓰러져 갔다.

뒤이어 가고일들도 하강하며 공격을 개시했다.

공중에서 덮쳐오는 이 공격에 상당히 피해가 나는 것을 본 이델은 바로 에어 워크로 공중에 날아올랐다.

하늘로 뛰어오른 이델은 닥치는 대로 가고일들을 베어 넘겼다. 그 모습을 본 가고일들의 지휘관은 기가 막힌다는 표정을 보였다.

"아니 어떻게 인간이 하늘을 날 수 있는 거지."

슈웅!

갑자기 날아든 한 대의 화살이 정확히 가고일 지휘관의 가슴 한복판을 꿰뚫었다.

이 화살은 정령의 힘을 빌려 날린 엘프 궁수의 화살이었다.

그뿐만이 아니었다.

"가고일들에게 하늘을 넘겨주지 말자."

"우리의 하늘을 더럽히다니 용서할 수 없다."

숲에서부터 날아오른 3백 명의 조인족 전사가 가세하자 하늘을 점거하던 마왕군 측 공군이 크게 밀리기 시작했다.

전장 상황이 다시 바뀌는 가운데 공중에서 잠시 싸우던 이델은 자신을 덮치려는 와이번의 몸 위로 뛰어오르더니 그 위에 기수를 베고 이어 와이번의 목도 베었다.

숨이 끊어진 와이번은 그대로 마족 진형 중심으로 낙하하였다. 그리고 바로 그 뒤를 쫓아 이델도 빠르게 지상으로 낙하하였다.

"다이빙 드라이브!"

오러를 담아 이델이 지면에 내리꽂히자 사방으로 엄청난 충격파가 퍼져 나갔다.

이 충격파에 휩쓸린 수백에 달하는 마족이 날아간 가운데 황폐해진 땅 가운데에 선 이델은 오러의 기척을 느끼고 급히 성검을 앞으로 휘둘렀다.

채앵!

성검과 부딪친 건 구불구불한 검신을 가진 프람베르그였다. 그 검신에는 오러가 방출되고 있었다.

"잘도 까불었군, 인간."

"말이 많군, 리자드맨."

자신의 상대가 된 리자드맨 오러 유저를 상대로 이델은 난격을 휘둘렀다. 그러나 상대는 결코 녹록치 않았다.

날아드는 검격을 빠르게 받아내며 때론 역습을 펼치기도 했다.

'이거 쉬운 상대가 아닌걸.'

검으로만 승부한다면 싸움이 꽤 길어질 것 같았다.

지금 이 시점에서 용사인 자신이 전장 지배를 못한다면 자

칫 겨우 우세하게 만든 상황이 위태로워질 수도 있다고 판단
한 이델은 곧 결심을 세웠다.

"썬더 볼."

이델은 검을 섞던 중간에 기습적으로 마법을 행사했다.

비록 위력이 강하지 않은 하급 주문이라 실질적인 데미지
는 주지 못했지만 잠시지만 시야를 흩뜨릴 수 있었다. 그 틈
을 타 이델은 찌르기를 상대의 몸을 향해 펼쳤다.

"카앗!"

오러로 방어했음에도 불구하고 몸에 상처가 생기자 리자
드맨은 분노를 방출하며 강렬하게 검을 휘둘렀다. 이때의 여
파는 주변의 땅을 파괴할 정도로 강렬했다.

그 여파를 몸소 감당하면서 재차 검을 날리며 이델은 동시
에 마법을 펼쳤다.

"라이트닝 쇼크."

전격이 강렬하게 튀며 둘 사이를 오고갔다.

이를 피해 리자드맨이 거리를 두려하자 이델은 지체 없이
오러의 참격을 날렸다.

콰앙!

주르륵 뒤로 밀려난 리자드맨은 프람베르그를 앞세운 상
태였다.

바로 그를 향해 접근한 이델은 재차 연타를 날려 그를 몰아

붙였다.

"감히!"

궁지에 몰린 리자드맨은 온 몸으로 강하게 오러를 발생시켜 접근한 이델을 떨쳐냈다. 그리고는 심상치 않은 기운을 뿌리며 프람베르그에 기운을 모으는 것을 볼 수 있었다.

그것이 오러 스킬을 쓰려는 예비 동작임을 모를 리 없는 이델은 즉각 오러를 성검에 집중했다.

"열화의 폭격!"

상대의 기술이 펼쳐진다.

수십여 발의 오러 덩어리가 마구잡이 날아드는 것을 이델은 전방에 대고 기술을 사용했다.

"스카이 레인!"

무수한 하늘빛 파편들이 날아드는 오러 덩어리와 부딪쳤다. 그러자 폭발이 거세게 주변을 휩쓸었다.

이 틈을 타 이델은 바로 강한 주문을 준비했다.

"플레어!"

오러 유저도 정면으로 부딪치면 방어를 장담할 수 없는 주문이 이델의 손에 의해 완성되어 앞으로 날아갔다.

오러를 이용한 공방을 펼친 바로 직후에 이 정도의 마법이 갑자기 날아들 줄 몰랐던 상대 리자드맨은 다급히 오러 방어를 하였다.

그러나 급히 갖춘 방어만으로는 이델의 주문을 전부 버틸 수 없었다.

"크아아앗!"

온 몸이 그슬린 상태로 리자드맨은 대지에 쓰러졌다.

이를 본 이델은 한 치의 망설임도 없이 다가가 검으로 그 목을 잘랐다.

정당하게라고는 말할 수 없지만 그래도 마왕군 측 오러 유저를 베어 쓰러뜨린 이델은 그 목을 취해 큰 소리로 외쳤다.

"마왕군 측의 장수를 베었다!"

이 말에 뒤엉켜 싸우던 양측 병사들의 반응은 크게 엇갈렸다.

"오오, 역시 용사님이시다. 적 오러 유저를 저리 쉽게 해치우다니."

"어떠냐, 이 마족들아. 우리에겐 용사님이 계시다."

"크윽! 이 노예 종족들이."

"대열을 지켜! 물러나지 마라."

기세를 몰아 저항군 병사들이 더욱 격렬하게 돌격하자 마왕군 측 피해는 눈덩이 불어나듯 커져갔다.

이날, 저항군은 약 천에 달하는 사상자를 만들기 했지만 그 몇 배에 달하는 마왕군을 쓰러뜨리고 군 전체를 괴멸시키는 데 성공하였다.

마왕 토벌 작전의 첫 단추가 잘 맞춰지고 곧바로 다음 작전이 실행에 옮겨졌다.

*　　　*　　　*

"부탁드리겠습니다."

"웅."

그동안 시온에서 귀빈 대접을 받으며 지내온 현 시대의 드래곤 로드 에일라이드는 군터의 말에 가볍게 고개를 끄덕인 다음 자신의 몸에 걸린 주문을 해제했다. 그러자 몸 길이 약 20m에 달하는 거대한 금빛의 드래곤이 모습을 드러냈다.

드래곤 상태로 돌아온 에일라이드는 목을 길게 빼어 하늘을 보았다.

"쿠오오오오!"

보통의 드래곤 피어와 다른 울음소리가 주변으로 퍼지고 또 퍼져 갔다.

이것은 단순한 울음이 아니었다. 드래곤 로드만이 가지는 고유한 권능을 싣고서 무려 3개 대륙 전체에까지 퍼질 수 있는 그런 울음이었다.

오직 드래곤들만이 전달받을 수 있는 이 소리가 퍼지고 만 이틀이 흘렀다.

"이것 좀 드세요."

"고마워."

기다리는 동안 테이블에 음식을 깔아놓고 느긋이 쉬던 에일라이드는 멀리서 어떤 점 같은 것을 발견하곤 벌떡 자리에서 일어났다.

"오고 있어."

"정말인가요?"

"응, 틀림없어. 저건 나와 같은 동족이야."

에일라이드의 말에 이노센트 라이트 대원들은 잔뜩 긴장하며 곧 접근할 드래곤을 맞이할 준비를 했다.

점으로밖에 보이지 않던 드래곤이 점점 가까워지자 그 형태로 보다 잘 볼 수 있었다.

푸른색 비늘을 가진 상대 드래곤은 블루 드래곤 일족이었다.

화아아앗!

동족이 가까이 오자 에일라이드는 바로 드래곤 모습으로 변해 하늘로 날아올랐다.

금빛의 드래곤과 푸른빛의 드래곤은 서로 붙었다 떨어지기를 반복하고 활공을 하였다. 그 모습은 그야말로 장관이었다.

"멋지다."

"세상에 이런 모습을 볼 수 있을 줄이야."

다들 하던 것도 멈추고 두 드래곤이 보이는 광경을 지켜보 았다. 하지만 군터만은 그 광경에 눈을 돌리지 않고 곧 있을 드래곤의 대 집합을 준비했다.

몇 시간이 흐르고 하늘을 나는 드래곤들의 수는 점점 늘어 났다.

약 20마리에 이르는 드래곤들이 원을 그리며 하늘을 떠 있 는데 덩치 큰 드래곤은 약 50m에 육박하는 체구를 가졌고 작 은 드래곤도 에일라이드보다 큰 것을 볼 수 있었다.

이들 드래곤들은 수십 분 넘게 하늘을 날았다. 지상에 있는 이들은 알 수 없었지만 지금 저 하늘 위에서는 드래곤들만의 대화가 이뤄지고 있었다.

그렇게 한참의 시간이 흐르고 높은 하늘을 날던 드래곤들 이 아래로 내려왔다. 곧 그들은 변신 주문을 써 각 종족으로 모습으로 변하였다.

이 중 붉은 눈썹에 머리를 한 각진 얼굴을 가진 남자가 나 서며 말을 꺼냈다.

"너희인가. 로드로 하여금 우리를 소집하게 한 자들이."

"그렇습니다, 위대한 분이시여."

"마왕에 의해 너희 인간들과 빛의 종족들은 쇠락했다고 생 각했는데 그것이 아니었던 모양이군. 난 레드 일족의 브로디우드라고 한다."

"전 반마족 저항군을 이끄는 총사령관 군터 바이슨이라고 합니다."

깍듯하게 말을 하는 군터를 보며 브로디우스는 호감을 드러냈다.

이때, 다른 드래곤이 나서며 말을 해왔다.

"흥! 하찮은 종족들에게 휘둘리기나 하다니. 드래곤들의 로드로서 영 실력이야."

"그만둬라, 갈라테스."

푸른 머리의 남자, 블루 일족으로 보이는 갈라테스에게 브로디우스는 경고조로 말을 했다.

갑자기 분위기가 험악해지자 다급히 에일라이드가 나섰다.

"두 분 모두 진정하세요."

"미안하게 됐소, 로드."

"칫!"

에일라이드의 중재에 겨우 분위기가 수습될 수 있었다.

군터는 바로 이 두 드래곤이 이번 드래곤과의 중재에서 상대해야 할 상대임을 간파하였다. 그 짐작대로 이 둘은 현재 유일하게 살아남은 3,000살 이상 드래곤이었다.

드래곤이 가장 정점으로 힘을 낼 수 있는 나이가 3,000살

전후이다. 본래 마왕 등장 전까지만 해도 이 정도 나이를 먹은 드래곤은 두 자리 숫자였지만 그들 대다수가 마왕과 마왕군에 의해 죽임을 당해 겨우 이 둘만 남게 된 것이었다.

나머지 드래곤들은 300여 년 당시에 전투에 참가하지 못한 드래곤으로 대부분이 나이가 어린 드래곤이었다.

"꽤 숫자가 적은데."

"그러게 말이야."

모여든 드래곤의 수를 본 병사들은 웅성거렸다.

그런 목소리가 들으면서 드래곤들은 꼿꼿하게 오만한 태도를 지켰다. 비록 지금 시대엔 많이 쇠락했다고는 하나 지상 최강의 종족이라는 자부심은 드래곤 개개인에게 존재했던 것이었다.

"너희는 여기에 기다리고 있도록 해라."

"예."

가장 연장자인 브로디우스의 말에 다른 드래곤들은 순순히 따랐다.

브로디우스와 갈라테스, 그리고 드래곤 로드 에일라이드는 군터와 함께 한쪽에 마련된 천막으로 들어갔다.

"이야기는 여기 있는 로드를 통해 들었다."

"그렇군요."

군터는 전혀 긴장감 없이 브로디우스를 대했다. 반면 좌우에 앉은 다른 이들은 얼어 있다시피 했다.

브로디우스는 준비된 차를 가볍게 한 모금 마신 뒤 다시 말을 꺼냈다.

"그대들이 세운 계책이 과연 성공할 것이라고 판단하나."

"성공 여부만 놓고 말씀드린다면 가능성은 매우 낮다고 보시면 됩니다."

"뭐라고! 그럼 실패가 뻔한 일에 우리까지 휘말리게 하겠다 이거냐."

급한 성격을 가진 듯 갈라테스는 군터의 말에 벌컥 화부터 냈다.

겉모습은 인간을 취하고 있지만 그 본신이 드래곤이라는 사실을 아는 이들은 모두 그의 분노에 본능적으로 두려움을 느끼며 움츠러들었다. 하지만 유일하게 군터만은 그것에 전혀 휘둘리지 않았다.

자신의 분노 앞에서도 당당한 태도를 보이는 군터의 모습에 갈라테스는 눈썹을 심하게 꿈틀거렸다.

이미 한눈에 군터가 보통 인간이 아니라는 것을 알아본 갈라테스는 이번엔 좀 더 강하게 드래곤 피어를 내포해 겁을 주려고 했다.

"멈추게."

"이봐."

"아직 이들의 이야기를 더 들어볼 필요가 있다."

갈라테스를 막은 건 브로디우스였다.

아무래도 나이가 어린 에일라이드보다는 가장 나이 많고 경험 많은 브로디우스가 드래곤의 대표다웠다.

팔짱을 끼며 뒤로 물러난 갈라테스를 대신해 브로디우스가 말을 하였다.

"우리 드래곤들 역시 종족의 존망이 걸려 있는 일인 만큼 우리도 이 일을 사활을 걸고 있다. 그것을 이해해 주기 바란다."

"당연한 말씀입니다."

"묻겠네. 마왕을 쓰러뜨릴 수 있다고 보는가."

"네."

군터는 한 치의 망설임 없이 답했다. 그 자신감은 결코 거짓으로 꾸며낸 것이 아니었다.

브로디우스는 이에 살짝 미소를 머금으며 다시 질문했다.

"아깐 성공할 가능성이 낮다고 했는데. 지금은 어떻게 그리 자신 있게 가능하다고 말을 할 수 있는가?"

"가능성만 보았다면 애초에 이 작전을 실행하지도 않았을 것입니다. 이미 목표를 향한 길을 걷기 시작한 이상, 목표 달성만을 생각할 뿐입니다."

"하하!"

군터의 말에 브로디우스는 기분 좋게 웃었다.

이 모습에 조마조마하게 상황을 지켜보던 에일라이드와 드래곤이 아닌 참석자들은 가슴을 쓸어내렸다.

브로디우스는 군터에게 말을 했다.

"3,000년을 넘게 살면서 수많은 단생종을 보았지만 자네처럼 마음에 드는 자가 없었다. 마왕을 멸하는 것은 우리 드래곤에게도 염원과도 같은 일, 조금의 가능성이라도 상관없으니 그를 쓰러뜨릴 수 있다면 기꺼이 힘을 보태겠다."

"고맙습니다, 위대한 자여."

이로써 반마왕 저항군에 가장 강력한 지원군이 합류하게 되었다.

*　　　*　　　*

수림 팔로스 주변을 지키던 마왕군을 격퇴한 저항군은 흩어지지 않고 곧장 곤드로와 대륙 남부를 지배하는 군주 리자드맨 로드 마잘이 있는 곳으로 진격해 들어갔다.

실로 300여 년 만의 진격이었다.

"적 다수 동쪽에서 접근 중이라는 보고입니다."

"적 전력은 확인되었습니까?"

"오러 유저나 대마법사 급은 확인되지 않고 울프 라이더를 비롯한 기병 부대입니다."

"그럼 아르딘 님의 부대로 그들을 요격하겠습니다. 즉시
그쪽을 연락을 넣어주십시오."

"알겠습니다, 이올라 님."

지시를 내리는 것은 이올라였다.

그동안 숱하게 게릴라전을 치러 왔지만 5만에 이르는 대규
모 병력을 한꺼번에 동원해 전투하는 상황은 여태까지 한 번
도 없었기에 이 군대를 지휘할 사령관을 선정하는 데 잡음이
조금 있었다.

여기에서 군터와 이델은 이올라를 지명하였다.

어렸을 때부터 제왕으로 길러지기 위해 제왕학과 군사학
을 비롯해 다양한 학문을 배운 그녀야말로 적합한 사령관이
라는 것을 이유로 들었다.

총사령관이 된 군터와 모두의 정신적 지주인 용사 이델의
말이었기에 누구도 반대를 하지 않았고 결국 이올라는 5만
대군을 지휘하는 사령관이 된 것이다.

다행히 이올라는 기대 이상으로 제 역할을 해주고 있었다.

"제13정찰대가 적과 접촉했다는 보고입니다. 리자드맨 중
심의 중장 보병대입니다."

"13정찰대라면 선봉 부대와 가깝군요. 자칫 옆을 공격받
을 수 있으니 선봉 부대에게 진격 속도를 늦추라고 하세요.

그리고……."

"앗! 추가 보고입니다. 적 중장 보병대 외에도 오러 유저가 있다고 합니다."

"오러 유저입니까."

한 명의 오러 유저가 100명 이상의 역할을 할뿐더러 전황 자체를 좌지우지한다는 것을 누구보다 잘 아는 이올라는 잠시 말을 잇지 못했다.

이때, 통신 마법구에서 목소리가 들려왔다.

"내가 가겠다."

"이델 경."

통신 마법을 통해 마침 지휘소의 상황을 전달받을 수 있었던 이델은 자신을 따르는 1,000여 명의 직속 부대와 함께 군대의 중간에 위치해 있었다.

이델의 말을 전해 받은 이올라는 딱 잘라 말했다.

"안 됩니다. 이델 경이 나설 정도로 위급하지 않으니 다른 부대에 역할을 맡기겠습니다."

"어이, 무슨 소리야."

들고 있던 수정구를 입가 가까이로 바짝 대면서 말을 한 이델은 미간을 좁혔다.

사실상 첫 번째 전투 때를 제외하면 이델이 나선 전투는 단한 번도 없었던 까닭에 이번에도 또 빠지는 것에 불만을 가진 것이었다.

"적 중장 보병대는 알루만 님이 이끄는 보병 부대가 맡을 겁니다. 그러니 대기해 주세요."

"잠깐만! 대체 날 언제까지 놀려둘 참이야. 난 지금 최고 상태라고."

"이델 경의 신변은 우리 군에 아주 중요합니다. 위급 상황이 아니라면 전장에 나서지 못하게 하라는 게 군터 총대장님의 명령이세요."

"큭!"

이올라의 말에 이델은 아무 말도 할 수 없었다.

현재 이 군대가 용맹하게 싸울 수 있는 것은 어디까지나 용사라는 대들보가 있기 때문이라는 것을 이델 본인도 모르지 않았다.

그런 이유로 첫 번째 전투 때 전면에 부각을 시켜 용사의 존재를 각인시킨 이후 용사라는 상징이 망가지지 않도록 최대한 안전한 곳에 두고 1,000명에 달하는 정예 병력을 직속 병력이라면 명분하에 호위로 둔 것이라는 사실도 대강 눈치 챈 상황이었다.

왜 그래야 하는지 이해를 못하는 것은 아니다. 그러나 다들 열심히 힘내 싸우는데 혼자 앉아서 구경만 하는 것은 용사로서가 아니라 이델 개인으로서 용납할 수 없는 일이다.

"미안하지만 나도 가겠어. 혼자보다 둘이 싸우는 게 낫겠지."

"잠시만⋯⋯."

이델은 마저 이올라의 말을 듣지 않고 통신 마법을 해제해 버렸다.

그 모습을 옆에서 지켜본 로위나가 말했다.

"괜찮겠어? 그녀가 많이 걱정할 거야."

"알고 있습니다. 하지만 지금은 한 명이라도 힘을 보탤 때입니다."

이델은 그리 말하면서 주위의 병사들을 보았다.

귀중한 전사들이 단 한 사람을 지키기 위해 싸우지 못한다는 것은 말도 안 된다. 이델의 결심은 이미 확고했다.

"할 수 없네. 이 부대의 대장은 이델 너니깐 네 뜻에 맡길게."

"고맙습니다."

이델은 바로 부대를 이끌고 마족 부대가 있는 곳으로 향했다.

그런데 이미 그곳에는 전투가 벌어지고 있었다.

"덤벼라, 이 더러운 마족 놈들아!"

해머를 맹렬히 휘두르는 드워프를 상대로 중갑을 걸친 리자드맨들이 연달아 쓰러져 갔다.

새로 합류한 오러 유저 중 한 명인 알루만은 진갈색의 오러를 땅에 꽂아 그 충격파를 날리는 방식으로 적 중장 보병들의 대열을 무너뜨려 나갔다. 그러자 보다 못한 상대 편 오러 유저가 그를 막아 세웠다.

"땅강아지 주제에 감히 잘도 날뛰는구나."

"시끄럽다!"

알루만은 시미터를 든 리자드맨과 격렬히 맞부딪쳐 갔다.

쌍방의 오러는 주변에까지 여파를 주었고 드워프들로 구성된 보병들과 리자드맨 중장 보병들은 잠시 멀찍이 떨어져 숨을 골랐다.

"흐랴아압!"

노도와 같은 기세로 해머를 내려치는 알루만을 향해 참격들이 연달아 날아들었다.

미처 피할 수 없는 상황에서 알루만은 땅에 박힌 해머에 힘을 가하였다. 그러자 대지가 파괴되고 지반이 위로 솟구쳤다.

"후하하핫!"

지반으로 공격을 막아낸 알르만은 호쾌하게 해머를 휘두르며 상대를 압도해 갔다. 그러나 그사이에 그가 이끄는 드워프 보병 부대가 집중적으로 공격을 받기 시작했다.

푸욱.

긴 창에 꿰뚫린 드워프의 시체가 허공으로 들려진다.

중력에 의해 뚝뚝 떨어지는 피를 받아 마시며 리자드맨들은 살의를 드러냈다.

"물, 물러서지 마라. 우리는 대지의 전사들이다."

"어리석은 놈들에게 죽음을."

드워프들은 열심히 싸우고 있었다. 하지만 이들 대부분은 얼마 전까지 카디악에서 노예로 살아가던 이들이었다. 따라서 제대로 된 전투 경험이 없었다.

반면 리자드맨들은 리자드맨 로드 마잘의 직속 부대로 오랜 시간을 훈련하고 여러 실전을 경험한 정예병이었다.

이 차이는 양 부대의 균형을 무너뜨리기 충분한 것이었다.

"이런."

"쯧쯧, 이제야 눈치챈 것이냐."

싸움에 정신 팔려 부대가 당하는 줄 미처 몰랐던 알루만은 뒤늦게야 부대를 통제하려 했지만 적 오러 유저는 그를 잡고 놔주지 않았다.

졸지에 이끄는 부대원들을 잃게 생기게 되자 알루만의 움직임이 어지러워졌다. 그것은 곧 상대에게 기회를 주는 것과 다름없었다.

몇 군데의 상처를 입으며 알루만 역시 위기를 맞이하고 부대도 패색이 짙어지는 상황이었다.

슈우우웅.

갑자기 웅장한 소리가 들리더니 리자드맨들이 밀집한 지역으로 폭발이 발생했다. 그리고 잠시 뒤 또 다른 섬광들이 그 인접 지역들을 강타했다.

"마법인가?"

"오오."

알루만은 위기일발의 상황에서 나타난 아군의 모습에 감격을 금치 않았다.

"우리가 오길 잘한 것 같네. 조금만 늦었다면 저들은 큰 피해를 입었을 거야."

"때론 충동적인 행동이 긍정적인 결과를 낳는 법이죠."

이델은 씩 웃으며 대답하고는 성검을 뽑아 들고 먼저 앞장서 적들이 있는 곳으로 달려갔다.

그것을 본 직속 부대의 병사들은 크게 놀라며 허겁지겁 뒤를 쫓았다.

"그럼 난 여기서 엄호나 해볼까."

가볍게 말한 로위나는 전장에서 약간 떨어진 곳에서 엄호를 위한 주문을 준비하였다.

*   *   *

이델이 나타난 순간, 절망에 빠져 있던 드워프 전사들의 얼굴에 희망이 떠올랐다.

"용사님이 오셨다."

"우릴 구하러 오셨어."

냉정하게 따지고 보면 위기를 알고 타이밍 맞춰 나타난 게 아니라는 것을 알 수 있는 일이었지만 지금의 드워프들은 그런 것을 생각할 상황이 아니었기에 아무도 이것을 지적하지 않았다.

아무튼 구세주가 된 이델은 맨 먼저 드워프 전사들을 공격하던 리자드맨들을 쓰러뜨려 나갔다.

아무리 튼튼한 철갑을 입고 있어도 창공검이 전개된 성검 앞에서는 맨몸이나 다름없었다.

"용사님을 지켜야 한다."

"오오!"

뒤늦게 달려온 직속 호위 부대가 리자드맨 부대의 측면을 강타했다.

숫자도 숫자지만 개개인이 엄선된 전사였기에 이들의 공격력은 가히 대단했다. 삽시간에 한 축을 무너뜨리고 단번에 리자드맨 부대를 갈기갈기 찢어 분산시킨 이들은 그 분산된 적들을 조직적으로 격멸해 나갔다.

'잔챙이들은 저들에게 맡겨도 되겠지.'

검뿐만 아니라 마법도 적극적으로 사용해 벌써 수십이 넘는 적병을 쓰러뜨린 이델은 수세에 몰린 알루만을 돕고자 나섰다.

이델은 우선 수직으로 참격을 날려 상대를 떨어뜨려 놨다.

"괜찮습니까."

"고맙군, 용사."

목이 떨어지기 직전까지 몰렸던 알루만은 진심으로 도움을 준 이델에게 감사를 하였다. 그러더니 바로 피가 묻은 수염을 털며 해머를 고쳐 잡았다.

아직 싸울 마음이 넘치는 모양이었다. 그것을 눈치챘지만 이델은 그래도 한 번 저쪽의 의사를 물어보았다.

"도와드릴까요?"

"난 괜찮네. 조금 당하기는 했지만 이 정도 상대는 거뜬히 나 혼자서 싸울 수 있네."

"후, 알겠습니다."

같은 오러 유저로서 승부를 원하는 알루만의 뜻을 망칠 수는 없었다.

이델은 다시 리자드맨 병사들을 향해 눈을 돌렸다.

"그럼 무운을."

"아, 그래."

이델이 먼저 떨어지자 알루만은 다시 한 번 오러를 해머에 부여하곤 짧은 다리에도 불구하고 엄청난 속도로 상대에게 달려들었다.

이렇게 이델과 그를 따르는 직속 부대가 나섬에 따라 이곳의 전황이 완전히 뒤집히게 되었다.

"놈들의 사기가 꺾였다. 지금 총 공격한다."

"동료들의 복수를 해주자."

4,000에 달하던 리자드맨 중장 보병대는 극심한 피해를 입고 후퇴를 하기 시작했다. 하지만 후퇴하는 방향으로는 로위나의 마법 폭격이 떨어지고 있었다.

이델은 선두에 서서 적극적으로 싸웠다.

성검이 한 번 지나갈 때마다 한 다스 가까운 목이 날아가고 마법의 광탄에 가슴이 뚫린 적들이 땅에 쓰러져 갔다.

검과 마법을 번갈아가며 쓰며 이델은 무인지경으로 적들 사이에서 날뛰었다.

"먹여주마!"

다시금 고집스레 아까의 리자드맨과 접전을 벌인 알루만은 결정적인 기회를 잡았다. 전력으로 휘두른 해머는 그대로 상대의 머리를 뭉개 버렸다.

오러 유저가 잡힌 마당에 적은 더 이상 싸움을 지속하지 못했다. 철저한 섬멸전이 펼쳐진 결과, 겨우 목숨을 구해 달아난 수십 정도를 제외하면 완전히 적을 전멸시킬 수가 있었다.

"와아, 이겼다!"

"용사님 만세!"

전투에서 승리한 후 병사들은 양팔을 번쩍 들며 환호성을 질렀다.

대부분이 용사 이델을 찬양하는 말들이었다.

'후우, 이것 참.'

이럴 때가 제일 불편한 것 같다. 하지만 어쩌겠는가.

이델은 약간은 억지로 미소를 짓는 것으로 병사들의 함성에 화답하였다.

"으, 으으."

"어서 옮겨."

전투가 끝난 뒤에 남은 일은 전장을 정리하는 일이었다.

일부 병사들이 부상 입은 이들을 들 것에 실어 후방에 있는 치료소로 보냈다.

팔이나 다리를 잃은 중상자를 볼 때마다 지금 하는 싸움이 진짜 전쟁이라는 것을 실감하게 해주었다.

푹.

"키이이……."

"이쪽에도 더 찾아봐."

"예."

한쪽에서는 아직 숨이 붙어 있는 리자드맨들을 확인 사살하고 있었다.

이는 명령에 의한 벌어지는 일이 아니었다. 마족들에게 특별히 원한을 가진 병사 일부가 독단으로 벌이는 일이었다. 이를 목격한 이델은 둘도 생각하지 않고 그들을 막으려 했다. 하지만 그를 막은 사람이 있었다.

"못 본 척하게."

"아무리 마족이 증오스럽다고 해도 저건 아니지 않습니까, 알로만 님."

"다들 오랫동안 마족들에게 짐승만도 못한 대접을 받아왔네. 그들이 그것에 대한 복수를 하고픈 마음을 이해해 주게."

"그렇지만 부상자까지 해치는 것은 몰상식한 일입니다."

"허면 저들을 어떻게 하면 좋겠나. 살려서 포로로 삼기라도 할 것인가."

"……."

"지금은 어느 때보다 비정해야 할 때일세. 용사인 자네가 그걸 더 잘 알고 있다고 믿네."

알로만의 충고에 이델은 막으려던 행동을 참아야 했다. 확실히 이 전쟁에서 이기기 위해서는 비정해져야 할 필요가 있다. 물론 그렇다고 저런 짓을 같이할 마음은 없지만 말이다.

잠시 알로만이 한 말을 곱씹으며 수심에 찬 표정을 짓고 있는 이델에게로 같은 부대에 배속되어 싸운 캐넌이 다가와 말을 걸었다.

"왜 어디 아파?"

"아니야. 그러는 캐넌은 어디 안 다쳤어?"

"웅! 이 정도 상대들은 내 상대가 못 돼."

씩씩하게 말하는 캐넌을 보니 조금은 마음이 다스려지는 것 같다.

칭찬을 기다리는 고양이처럼 꼬리를 살랑거리는 캐넌을 보며 미소 짓는데 로위나가 부르는 소리가 들려왔다.

"무슨 일입니까."

"이올라가 찾아. 어서 지휘부로 가보는 게 어때."

"아, 음."

뒤늦게야 독단으로 이곳 전투에 끼어들었던 일을 떠올린 이델은 손가락으로 뺨을 긁적였다.

아무래도 이후 듣게 될 소리가 걱정되지 않을 수 없었다. 하지만 그렇다고 안 가볼 수는 없었다.

이델은 부대 수습이 거의 끝난 것을 확인하고 부대를 이끌어 이올라가 기다리고 있을 지휘부로 서둘러 갔다.

*　　　*　　　*

저항군이 연속으로 승리를 거두며 쾌속 진군을 하자 마족들은 이 사태를 가볍게 볼 수 없다고 판단하게 되었다.

이에 전 대륙 각지에서 병력을 징발하기 시작했고 정규 군단을 급파하였다. 그로 인해 전투는 점점 대규모로 확장되어 갔다.

"온다."

"내게 맡겨."

호언장담한 로위나의 손에 의해 하늘에 강력한 보호막이 쳐졌다.

이 보호막과 수십 갈래의 전격이 부딪치는 모습을 곧 볼 수 있었다. 그 뒤로도 여럿의 마법사들이 펼친 마법들이 이델이 있는 곳으로 쏟아졌다.

"어서 서두른다."

"옛!'

로위나의 힘이 지켜주는 동안에 마법 병단의 마법 공격에서부터 벗어나야만 했다.

이델은 직속 부대와 함께 전력으로 앞으로 질주했다. 그런 그들의 앞엔 다수의 마족 부대가 있었다. 그런데 그들 가운데에 거대한 마수로 이뤄진 마수 부대가 존재했다.

"하아아앗!'

자신을 향해 달려드는 거대한 짐승형 마수를 본 이델은 옆으로 살짝 몸을 피한 다음 옆으로 검을 내밀어 몸통 옆을 베어내었다.

등 뒤로 마수가 쓰러지는 것을 안중에도 두지 않고 앞으로
계속 나아간 이델은 창으로 자신을 저지하는 고블린 병사들
을 한 칼에 베어내었다.

앞을 막아서는 마족들의 군세는 대단했다.

끝을 볼 수 없을 정도로 많은 적이 있었지만 이델과 그를
따르는 전사들은 조금도 두려워하지 않고 앞으로 진격했다.

"아르단 님, 우측 측면에서의 공격을 부탁드리겠습니다."

"알겠네."

켄타우르스 기병 부대를 지휘하는 지휘관 아르단은 이올
라의 명령에 즉각 공격에 참가했다. 3천에 달하는 켄타우르
스 전사들은 용맹하게 수만이 넘는 마족 군대에게로 뛰어들
었다.

한편, 이델의 부대와 함께 최일선에 나선 거인족 부대들은
그들의 힘을 이용해 저돌적인 돌파를 펼쳤다.

"놈들을 막아라!"

"크오오!"

오우거와 마수로 구성된 병력이 거인족 부대를 막아섰다.

거대한 히드라가 여러 개의 머리를 꿈틀대며 공격을 하였
다. 이를 막아선 건 하프만이었다.

"우라!"

기합과 함께 도끼날에 의해 히드라의 머리가 절단되었다.

하지만 다른 머리들은 쌩쌩하게 날뛰었다.

"아이스 스톰."

하프만에게서 주문 영창 소리가 들리더니 히드라의 머리 하나가 꽁꽁 얼어붙었다.

타고난 전사인 하프만이 마법을 쓴 것이 아니었다.

마법을 쓴 것은 하프만의 어깨 위에 장비된 일종의 고정 장치에 몸을 의지한 소인족 마법사였다.

체격이 작은 소인족들은 이런 대규모 싸움에 끼어들기엔 부적합한 면이 컸다. 하지만 거인족의 도움을 받으면서 그 문제를 간단히 해소했을 뿐만 아니라 바로 전장 한복판에서 마음껏 마법을 날릴 수 있다는 이점을 챙길 수가 있게 되었다.

소인족 마법사들의 마법이 보조를 해주는 가운데 하프만과 거인족 전사들은 자신의 무기로 히드라의 나머지 머리들을 모두 잘라내는 데 성공했다. 모든 머리를 잃은 히드라는 죽음을 맞이했다.

거인족 부대의 활약은 곧 다른 부대에도 영향을 주었다.

"히드라가 쓰러졌다."

"돌격 앞으로!"

투지를 불사르며 달려드는 저항군 병사들의 공격에 마족 병사들은 형편없이 밀리기 시작했다. 이것을 기회로 저항군은 총공세를 개시하였고 마족 군대는 후퇴를 하기 시작했다.

전투가 사실상 끝났지만 후퇴하는 적을 향해 앞뒤 가리지 않는 아군을 통제하기 위해 이델을 비롯한 정신없이 뛰어다녔다.

　그렇게 또 한 번의 전투가 끝나고 저항군은 전장이 된 곳에서 좀 떨어진 곳에 숙영지를 편성했다.

　쏴아아.

　근처 냇가에 받아온 물로 몸에 묻은 피를 씻어내며 이델은 오늘 치른 전투의 피로를 씻었다.

　"후우, 피곤하다."

　하루가 갈수록 점점 더 어려워지는 전투는 일반 병사뿐만 아니라 이델도 지치게 하였다.

　얼룩진 피를 닦아낸 후 깨끗한 옷으로 갈아입은 후 이델은 자신의 천막으로 향했다.

　숙영지 곳곳에선 병사들은 두런두런 모여 저녁을 먹고 있었다.

　"으하하!"

　"오늘 내가 몇 명이나 해치웠는지 알아."

　웃음소리와 기운 넘치는 소리가 떠들썩할 정도로 들린다. 혹독한 전투를 치른 직후의 모습이라고는 보기 힘든 모습이었다. 하지만 그건 필사적으로 전투의 공포를 잊으려는 마음에서 비롯된 모습이었다.

이런 병사들의 모습을 보며 이델은 걸음을 옮겼다.

아무도 없으리라 생각하고 천막 안엔 이올라와 캐넌이 있었다.

"씻고 온 거야?"

"어, 그래."

마른 고기를 씹으며 말을 거는 캐넌에게 대강 대답을 해주고는 이델은 이올라에게 말을 걸었다.

"바쁠 텐데 이곳까지 왜 왔어."

"그냥… 캐넌이 걱정되어서요."

"그래?"

이올라의 대답에 이델은 그러려니 하였다. 그런데 캐넌은 고개를 갸웃거렸다.

"날 보러 온 거였어? 아깐 그런 말 없었잖아."

"……."

캐넌의 말에 이올라는 말이 없었다. 그저 고개만 살짝 돌려 이델의 시야에서 자신의 얼굴을 보이지 않게 했다.

순간 이델은 어떤 말을 해야 할지 막막했다.

'으, 뭔가 말을 꺼내지 않으면 분위기가 이상해지겠어.'

그리 생각한 이델은 헛기침을 두 번 정도 하고는 말을 꺼냈다.

"오늘 참 힘들었지."

"네에."

"흠흠, 부대 전개가 제대로 시기적절하게 이뤄져서 쉽게 이길 수 있었어. 이게 다 지휘를 잘해준 이올라의 노력이 있어 가능한 일이었다고 생각해."

생각하지 않은 칭찬에 이올라의 볼에 살짝 홍조가 돌았다. 그 모습을 본 이델은 더욱 어색한 표정을 애써 감추며 헛기침을 또 한 번 했다.

잠시 있다가 이올라가 조심히 말문을 열었다.

"이델 경의 활약도 컸어요."

"내가 뭘. 다들 잘 싸워준 덕에 이긴 거지, 딱히 내가 잘 싸워서 이긴 건 아니야."

"그렇지 않아요. 하지만 될 수 있으면 앞으로 나서지 마세요."

"으음."

여전히 이델의 참전에는 부정적인 이올라의 태도에 당사자는 그저 머쓱한 표정을 보일 따름이었다.

사실 이올라의 말대로 되기는 앞으로 어려울 것이었다.

오늘 전투도 저항군 병력 전체가 나선 끝에 겨우 승리를 거둘 수 있었다. 분명 앞으로도 이런 전투를 계속 이어나가야 할 가능성이 높았다.

하지만 두 사람은 그에 대한 말을 하지 않았다.

잠시 정적이 흐르자 분위기가 금방 어색해졌다. 그런 분위기에서 이델은 문득 이 전쟁을 시작하기 전에 나눴던 군터와의 대화를 떠올렸다.

"저기 말이야……."

"예."

"전에 약속했던 일 기억해?"

조심스레 묻는 이델의 태도에 잠깐 의아함을 표정으로 내비쳤던 이올라는 곧 잔잔한 미소를 보이며 말했다.

"모든 싸움이 끝나면 함께 춤을 추자는 그 약속을 말씀하시는 건가요."

"기, 기억하고 있었어?"

"네."

다행이랄까. 기억하고 있다는 말에 왠지 기뻤다. 하지만 마냥 이 기쁨을 느낄 수 없다는 사실에 조금은 구슬프기도 했다.

말을 꺼내고는 잠시 복잡 미묘한 표정을 짓는 이델을 본 이올라는 참지 못하고 말을 먼저 꺼냈다.

"그런데 그 이야기는 왜 꺼내신 거죠."

"아니, 그냥. 문득 생각나서 말해봤어, 하하!"

마지막에 웃는 게 영 어색했지만 이올라는 더 이상 이에 대해 묻지 않았다.

또다시 대화가 맥없이 끝나 버려 분위기가 다시 아까로 돌아갔다. 그런데 여기서 두 사람의 주의를 끄는 소리가 어렴풋이 들려왔다.

"냠."

"캐넌이 잠들었네요."

"그, 그러네."

두 사람이 대화를 나누는 사이에 캐넌은 떡하니 이델이 자야 할 자리에서 잠을 자고 있었다.

이올라는 조심히 깨지 않게 캐넌을 안아 올리고는 이델에게 말을 전달했다.

"우린 이만 가볼게요."

"그래. 가서 푹 쉬어."

"예."

짧고 별것 아닌 대화를 나눈 뒤 이올라를 떠나보낸 이델은 털썩 주저앉았다.

"바보 같으리라고."

꼭 했어야 할 말을 하지 못한 자신이 괜히 한심스러웠다.

잠시 우울감에 사로잡힌 이델은 뒤로 털썩 누웠다. 그리고 위로 올려다보며 혼잣말을 내뱉었다.

"이제 시간이 별로 없는데. 그 전에 말을 과연 할 수 있을까."

계속 가슴속 답답함으로 남는 일이었던 만큼 이델의 고민은 깊을 수밖에 없었다.

결국 이날 밤을 이델은 고민으로 뜬 눈으로 보내고 말았다.

*　　　*　　　*

"눈이 많이 피곤해 보여요. 혹 잠자리가 불편했었나요?"

"아냐. 그냥 좀 눈이 부었을 뿐이야."

이올라의 말에 애써 웃으며 대답한 이델은 좌우를 보았다.

각 부대의 부대장들이 동석한 이 자리는 주요 지휘관 회의였다.

"그럼 회의를 시작하겠습니다."

사령관인 이올라는 우선 각 정찰조가 보낸 정보를 각 부대장들에게 알려주었다.

"현재 우리 군이 노리고 있는 팔테르를 중심으로 대규모의 군대가 집결하고 있다는 정보입니다. 그 군대는 리자드맨 로드 마잘과 코볼트 로드 케틀라의 군대가 중심이고 마왕 직속의 5군단도 합류한 상태입니다."

"그럼 숫자는 대략 얼마 정도 됩니까."

"약 8만입니다."

이올라의 대답에 부대장들은 수군거렸다.

지금까지 싸워온 적은 대개 1만 내지는 2만 규모였다. 그나마 어제 싸운 적이 3만을 좀 넘고 위험한 마수들을 거느리고 있어 위협적이었을 뿐이었다.

그런데 이번에 상대해야 할 적은 그보다 2배 이상 많고 또 정예군이었다. 그것은 곧 힘겨운 싸움을 의미하는 것과 같았다.

"단순히 숫자만 보면 안 되겠죠. 적 고급 전력에 대한 것도 파악했는지 궁금합니다."

"안타깝지만 그에 정확한 결과는 얻지 못했습니다. 다만 이노센트 라이트의 활동으로 알아낸 마족 측 오러 유저와 대마법사 리스트에 부합되는 자들이 있었습니다."

이노센트 라이트는 이제까지 단순히 노예 해방이나 게릴라전만 전개한 게 아니었다. 수많은 첩보원을 통해 각 세력의 전력과 주요 인물에 대한 정보를 상세하게 끌어모아 후일 유용하게 쓰일 수 있게 준비를 해왔다.

그러한 노력 덕에 이번에 상대해야 할 마왕군 중에 5명의 오러 유저와 2명의 대마법사를 파악할 수가 있었던 것이다.

그 숫자는 현재 이올라가 이끄는 저항군 병력에 속한 오러 유저와 대마법사 숫자가 비등한 숫자였다. 거기에 파악되지 않은 숫자까지 더한다면 상대적으로 저쪽이 더 앞선다고 봐야 했다.

이 사실에 부대장들의 표정이 더욱 무거워졌다.

자칫 싸우기도 전에 지레 겁을 먹을 수 있는 상황이었다. 그렇기에 이올라는 덧붙여 말을 하였다.

"하지만 정작 그 군대의 수장인 로드들은 참전하지 않았다는 정보도 있습니다. 아마도 전장에 나서는 것을 꺼리고 부하 장수들만 출진시킨 것으로 여겨집니다."

"그게 사실입니까?"

"예, 이건 확실한 정보입니다."

예전 같았다면 직접 군대를 이끌고 나왔을 로드들이 참전을 피했다는 사실에 부대장들을 다시 한 번 술렁거렸다.

그런 이들 중에서 알로만이 좌중을 보며 말을 꺼냈다.

"여기 계신 용사님에 의해 같은 위치에 자가 살해당했는데 놈들도 겁을 집어먹었겠지."

"그런 건가."

"하긴, 그렇지 않고서야 왜 싸우기 좋아하는 그들이 전장에 나오지 않았겠어."

"그럼 놈들도 우리에게 겁을 먹고 있다는 건가."

"용사님이 무서운 거겠지."

로드들의 불참 사실은 꽤나 부대장의 패배에 대한 두려움을 희석시켜 주었다.

얼어붙었던 분위기가 어느 정도 녹자 하프만이 나서며 말을 꺼냈다.

"이번 전투를 승리로 이끈다면 마왕군도 더 이상 우리를 얕잡아보지 못할 것이오."

"하지만 우리 군의 전력은 적의 반도 되지 않습니다."

한 부대장의 우려 섞인 말은 다시금 분위기를 가라앉혔다.

이때, 이델이 나서며 말을 하였다.

"처음부터 이런 불리함을 떠안고 시작한 전쟁입니다. 적의 세력이 아무리 크다 해도 틈을 찌르면 반드시 이길 수 있을 것입니다."

"용사님께서 그리 말씀하신다면야 그렇겠지요."

"뭐 틀린 말도 아니죠. 우리 군의 사기는 하늘을 찌를 듯 높으니 분명 이길 수 있을 겁니다."

다시금 승리를 이야기하기 시작한 부대장들을 보며 이델은 남몰래 한숨을 내쉬었다.

앞으로 치러야 할 전투가 가장 중요한 만큼 사전에 사기가 떨어지지 않게끔 할 필요가 있었다. 어쨌거나 이제부터는 승리를 위한 작전을 짜야 할 차례였다.

이델은 자연스럽게 이올라를 보았다.

"적은 우리 군에 대응해 공성전을 치를 것이라고는 보이지 않습니다. 여기 지도를 보면 이곳 평원 지대가 적군과 회전을 치르기에 가장 적합한 장소라 판단됩니다."

"정면 대결을 하자는 건가."

"예, 그렇습니다."

하프만의 말에 이올라는 바로 답했다.

적이 이쪽보다 2배 가까이 많은 상황에서 성급히 정면 대결을 주장하는 것 같아 보였기에 한 부대장은 반대 의견을 제시했다.

"너무 도박에 가까운 작전이 아닙니까. 설혹 승리를 거둔다 해도 아군의 피해가 매우 클 것입니다. 다른 방안을 찾는 게 어떻습니까."

이 의견에 이올라는 차분한 모습을 보이며 말을 하였다.

"양군의 충돌로 피해가 막심할 수 있습니다. 그러나 단기간에 이 전투를 이기지 않으면 안 되기에 단기 결전으로 끌고 갈 수밖에 없습니다."

"흠! 왜 그렇게 판단한 건가."

"지금 모인 병력은 마왕군이 동원할 수 있는 병력의 일부에 불과합니다. 여기에서 더 많은 병력이 집중되면 그만큼 싸움을 이기기가 어려워지는데 그렇게 되면 최소한 한 번 이상의 확고한 승리를 거둬 우리가 노리는 목표가 전장에서 나오게 한다는 계획이 힘들어집니다."

"음 그렇군."

말을 꺼냈던 하프만은 납득하는 모습을 보였다. 그러나 대부분은 고개를 끄덕이면서도 완전히 납득하지는 못한 듯 각각 여러 표정을 지어 보였다.

하지만 이올라가 세운 작전 내용은 이게 다가 아니었다.

"전투 자체는 평원에서의 회전이 중심이 될 것입니다. 그러나 마왕군에게서 승리를 가져올 수 있는 승부처는 따로 있습니다."

"그게 무슨 말입니까. 승부처는 다른 곳에 있다니……."

"죄송합니다만 그 부분에 관해서는 설명 드리기가 곤란합니다."

이올라의 이 말에 일부 부대장들은 들고 일어났다.

"왜 이 자리에서 말하지 못한다는 겁니까. 혹 이 중에 마족의 스파이가 있을 거라는 생각이라도 하는 겁니까."

"허참! 우리를 대체 어떻게 보고."

이런 반응을 보인 건 이번에 새로 합류한 자들이었다.

충분히 이들이 화낼 수 있는 상황이었다. 하여 이올라는 고개를 한 번 숙여 보였다. 그런 다음 말을 꺼냈다.

"이곳에 계신 여러분을 못 믿어서 그런 것은 아닙니다. 하지만 5만에 달하는 인원 중 첩자가 없으리라는 보장이 없기에 기밀을 유지한 것입니다."

"확실히 한 번 전례가 있던 만큼 조심할 필요는 있을 것이오."

하프만이 이올라의 말을 옹호하는 말을 꺼내자 분위기가 다소 가라앉았다.

분명 마족에게 포섭된 첩자의 존재를 무시할 수 없었다. 실제로 그런 첩자로 인해 시온이 침공을 받았던 게 불과 얼마 전의 일이었다. 이곳에 앉은 이들이야 그럴 리 없겠지만 병사 전체 중에 그런 존재가 또 없으리라는 보장은 없었다.

그리하여 이올라가 준비한 또 다른 작전은 여기 이 자리에서 더는 언급되지 않기로 했다.

"그럼 세부적인 작전에 대해 설명하겠습니다. 우선 첫 작전의 시작은……."

이올라의 설명은 긴 시간 동안 이뤄졌다.

설명 중간 중간에 이델을 비롯한 다른 여러 사람이 의견을 제시했고 처음의 작전 안은 여러 가지 변경되어졌다. 그렇게 긴 시간에 걸쳐 작전을 하나의 형태를 갖추게 되었다.

마지막으로 작전명이 정해지게 되었다.

작전명은 승리의 염원을 담은 단어 '빅토리'였다.

*　　　*　　　*

저항군이 드넓은 평원에 모습을 드러내자 8만의 마왕군은 기다렸다는 듯이 반대편 평원으로 몰려들었다.

뿌우우우.

전투의 시작을 알리는 뿔피리 소리가 울려 퍼지고 먼저 마왕군이 행동을 개시했다. 약 1만에 달하는 울프 라이더를 비롯한 기병과 가고일이 땅과 하늘을 통해 빠르게 접근해 왔다. 그리고 확실히 판단하기 어렵지만 저들 중에는 오러 유저도 있었다. 이 상황에서도 저항군은 4개로 나눈 부대를 움직이지 않았다.

"긴장하지 마라."

"각오 단단히 하는 거다."

"오!"

기동력을 갖춘 적 군단의 접근에 병사들은 침을 꿀꺽 삼키면서 곧 닥칠 일을 긴장하며 기다렸다. 이윽고 하늘에서 가고일들이 쏟아져 내려오기 시작하고 기병들이 코앞까지 달려왔다.

격돌 직전, 후방에서 백마를 타고 은빛 갑옷을 입고 있던 이올라가 대검을 머리 위로 힘껏 들어올렸다.

"바로 지금이다."

"장치를 작동시켜."

병사들에 가려 보이지 않던 수레에 실린 나무 장치가 드워프들의 손에 의해 작동했다.

그러자 작은 구멍에서 무수한 화살촉들이 폭발적으로 발

사되었다.

"카악!"

하늘을 날아간 무수한 화살촉에 의해 수많은 가고일이 피를 뿌리며 추락하였다.

어느 종족보다 손재주가 좋은 드워프들이 과거의 기록을 토대로 완성한 이 병기는 단 한 번 정도밖에 사용할 수 없었지만 효과는 매우 컸다.

피해를 입은 가고일 부대가 급히 공격을 중지하고 상승을 하려 했지만 이번에는 엘프 궁수들이 쏜 화살이 그들을 가만히 두지 않았다.

"크워어엉!"

"들어 올려!"

거대한 다이어 울프와 랩터들과 그에 올라탄 기수를 향해 무지막지하게 긴 창이 무수히 내밀어졌다. 하지만 그것을 비웃기라도 라이더들은 창을 피해 공중으로 뛰었다.

그대로 저항군 병사들을 덮쳐 버릴 작정이었던 그들은 사람 대신 무수하게 땅에 꽂힌 창날을 보고 경악하였다.

애초에 선두에서 돌격을 막는 창병들 뒤로 의도적으로 공간을 두고 함정을 파뒀다. 이 사실을 몰랐던 라이더들과 탑승물들은 고스란히 당하고 만 것이었다.

피할 수 없이 그대로 창날에 몸을 던진 그들은 몸이 관통되며 죽어갔다. 하지만 그렇게 쓰러뜨린 수는 어디까지나 적 전체의 일부에 불과했다.

곧 적 기병들은 4개로 나눠진 부대 중 가장 앞쪽의 부대를 집중적으로 공격하기 시작했다.

부웅!

"오러 유저다!"

오러를 뿜어내는 트롤의 등장에 전투를 벌이던 병사들은 기겁했다.

트롤 오러 유저는 압도적인 힘으로 저항군 병사들을 학살해 나갔다. 피해가 커져갈 무렵이었다. 알로만이 해머를 맹렬히 휘두르며 그를 가로막았다.

"네놈 상대는 나다."

"덤벼라."

곧 두 명의 오러 유저는 공간을 점하며 격돌하였다.

한편, 전투에 휘말리지 않았던 나머지 3개의 부대 중 좌우에 배치되었던 부대들이 움직였다.

그들은 빠르게 적의 측면을 차단하며 옆에서 공격을 쏟아냈다. 정면 돌파에는 강하지만 발이 묶이면 극히 취약해지는 기병 부대를 옴짝달싹도 하지 못하게 한다는 전략이었다.

마왕군 측 지휘관이 조금만 머리가 있었다면 저항군이 부대를 이렇게 나눈 시점에서 마족들의 즐겨 쓰는 전법인 기병과 비병만으로 돌격하는 작전을 선택하지 않았을 것이었다.

하지만 다행히도 상대 지휘관은 이올라의 예측에 보기 좋게 걸려주었고 덕분에 이쪽은 작전대로 반격을 취할 수가 있었다.

상황이 이리되자 뒤에 있던 나머지 마왕군이 움직이기 시작했다.

"마법 병단에게 공격 지시를."

"예."

이올라의 말에 깃발이 올랐다.

이를 신호로 약 300여 명으로 구성된 마법 병단 중 공격을 담당한 150여 명이 일제히 몰려드는 마왕군을 향해 마법 폭격을 개시했다. 그러자 마왕군 측도 마법 방어를 펼쳤다.

대부분의 공격은 별 소득 없이 막혔지만 일부는 방어 마법을 뚫고 적진에 피해를 입혔다.

피해 자체는 미미하게 주었지만 마법 병단은 진격을 조금이라도 저지하기 위해 끊임없이 마법 공격을 계속해 나갔다.

"이 마력은!"

"서둘러서 방어를 펼친다."

마족 측에서도 마법 공격을 준비한다는 사실을 마력을 통해 파악한 마법사들은 급히 방어를 준비했다.

방어 역할을 전담한 마법사들은 미리 준비한 마법진을 중심으로 마력을 집중시켜 강력한 방어 주문을 현재 전투를 벌이는 군대를 중심으로 넓게 전개시켰다.

대마법사의 마력에 의해 완성된 거대한 폭염이 1차로 덮쳐왔다. 하지만 견고한 방어에 막혀 그 효과는 크게 미치지 못했다.

하지만 뒤를 이어 무수한 마법들이 쏟아지면서 견고하던 우산에 조금씩 구멍이 생기기 시작했다.

콰앙!

폭발에 의해 한곳에 있던 수십 명의 병사가 소리 한 번 내지 못하고 폭사하였다.

이런 가운데서도 병사들은 물러나지 않고 눈앞의 적과 싸웠다.

"적 본대가 거의 근접해 왔습니다."

"바로 2제대와 3제대를 후퇴시키세요. 무리해 싸울 필요는 없습니다."

"네, 알겠습니다."

적 본대의 접근에 오히려 돌출되어 버린 아군을 물러나게 하며 이올라는 계속 전선의 상황을 주시했다.

어느 사이엔가 처음 공격을 들어왔던 마왕군 부대는 많이 규모가 줄어 있었다. 이 정도면 상당한 선전을 한 셈이었다.

하지만 문제는 적 오러 유저였다.

현재 전장 한 복판에서 번쩍이는 오러의 빛만 해도 열이 넘었다. 이들 중 아군의 빛은 알루만을 포함해 셋에 불과했다.

"후."

마음 같아서는 자신도 전장으로 나가고 싶었다. 그러나 자신의 역할이 어떤 것인지 누구보다 잘 알기에 이올라는 자신의 마음을 억누르며 명령을 내렸다.

"부대 재정비 후 적 오러 유저들은 대 특화 부대가 전담해 맡을 수 있게끔 최대한 안으로 유도하라 하세요. 그리고 마법 폭격은 중지하고 최대한 수비에 집중하라고 피펀트 님께 연락해 주세요."

이 명령을 전해 받은 전령들이 서둘러 움직였다.

4개로 흩어졌던 저항군 부대들은 서서히 물러나 뒤에 있던 본대 주위로 모여들었다.

단단히 수비를 굳히는 이들을 향해 7만에 달하는 적들이 먹이를 발견한 독수리 떼처럼 몰려들었다.

쿵.

"이곳을 지날 수 없다."

"우오오!"

선두에 선 거인족 병사들은 스스로 성벽이 되어 앞에서 몰려오는 적들을 상대했다.

그런 그들의 뒤에서 엘프들이 열을 지어 일제히 화살을 쏘아 올렸다.

무수한 마족 병사가 쓰러졌다. 하지만 그 공백을 채우며 다른 병사들이 달려왔다.

"카아앗!"

"놈들을 바닥에 눕혀!"

오우거들이 정면에서 거인족 병사들을 상대하는 사이에 다른 병사들은 거인족의 취약점이 아킬라스 건과 다리 힘줄을 노리고 집요하게 공격을 하였다.

이런 공격 속에서 몇 명의 거인족 병사가 허물어지듯 쓰러졌다. 그러자 고블린이나 코볼트들이 우르르 올라타 몸을 있는 대로 찌르고 베었다.

방벽 역할을 하던 거인족 전사들이 쓰러지면서 구멍이 생기자 기회다 하고 대규모의 적들이 밀려들어 왔다.

"뚫리면 끝장이다. 전진 앞으로!"

"우와아아!"

인간을 포함한 여러 종족의 병사는 죽음을 각오하며 밀려드는 마족 병사들을 도로 밀어내기 시작했다.

이렇게 저항군은 하나로 뭉쳐 버렸고 마왕군은 그들을 집요하게 공격하였다.

허나 마법 공격도 대규모의 병력도 저항군을 무너뜨리는 데 큰 역할을 하지 못했다.

밀고 당기는 싸움을 지켜보며 이올라는 혼잣말을 하였다.

"부디 성공하기를……."

지금 이 말은 이곳의 일을 이야기한 것이 아니었다.

바로 이 시간, 이델이 이끄는 부대는 전장의 한복판에 없었다.

현재 이델이 향한 곳은 바로 평원에서 얼마 떨어져 있지 않는 곳에 자리한 도시 '팔테르'였다.

4장

결전!

주력이 빠져나간 후 도시에 남은 건 본래 도시에 있던 3만 남짓의 마족들과 5천의 병력뿐이었다.

　민간인이라 해도 유사시 바로 병력이 될 수 있는 마족의 특성을 생각하면 이곳을 함락시키는 일은 결코 쉬울 수가 없었다.

　그러나 이델은 고작 천 명 남짓의 직속 부대만 데리고 이곳을 함락시키러 왔다. 상식적으로 납득할 수 없는 일이었다. 이보다 몇 배의 병력을 이끌고 와도 함락할 가능성이 적은 전력 차였다.

그럼에도 불구하고 이 정도 병력만 데리고 움직인 건 적 본대를 따돌리고 먼 거리를 돌아 바로 도시까지 진격하기 위해서는 최소한의 병력을 움직여야 했기 때문이었다. 그리고 뭣보다 이델은 도시 함락을 충분히 이 병력을 해낼 수 있다고 자신했기에 과감히 선택한 것이었다.

"시간이다."

이델이 이끄는 병력이 공격을 개시했다.

성벽 근처로 가기도 전에 이미 도시에 남아 있던 마왕군 병사들은 수비 태세에 들어가고 있었다.

"먼저 간다."

이델은 바로 가속하여 부대보다 먼저 앞으로 나아갔다. 숱한 화살과 마법이 그의 앞길을 가로막으려 했지만 소용없는 짓이었다.

오러로 자신을 보호하며 단숨에 성벽까지 당도한 이델은 단번에 공중으로 몸을 띄웠다.

"공파참!"

성검에서 뻗어간 일격이 성벽에 커다란 흠집이 생기고 다수의 사상자가 생겨났다.

혈혈단신으로 성벽 위로 올라온 이델을 막고자 양옆에서 무리지어 달려들었다.

이델은 성검을 맹렬히 휘둘러 그들을 쓰러뜨려 나갔다. 하지만 쓰러지는 숫자만큼이나 적들은 계속 몰려들었다. 아무리 초인과도 같은 힘과 실력을 가졌다고 해도 인해전술 앞에서는 분명 한계가 존재했다.

'바로 적 대장을 쳐야 한다.'

이곳에 남겨진 병력은 정예병이 아니다. 통솔하는 지휘관만 먼저 잡는다면 이들을 혼란시킬 수 있을 것이었다.

이델은 성벽에서 바로 뛰어내렸다.

성인 어른 키의 몇 배나 되는 높이를 아무 무리 없이 뛰어내린 후 적 대장을 찾아보았다.

다행히 많은 적들 사이에서 목표를 찾는 것은 쉽지 않았다.

'고맙게도 눈에 딱 띄는 복장을 해주고 있다니 찾을 수고를 덜어주는군.'

설마 순금은 아닐 테지만 어쨌든 진짜 금을 썼는지 금빛이 번쩍번쩍한 갑옷을 입은 오크를 향해 이델은 몸을 날렸다.

막 성벽 근처 다다른 다른 병사들 때문에 정신없는 가운데서도 일단의 마족 병사들이 앞으로 가로막아 섰다.

"파이어 레인!"

달리는 중간에 화염 마법을 일으켜 앞을 막은 적들을 쓰러뜨린 이델은 바로 성검에 뇌공검을 전개했다. 그리고는 수평으로 길게 검을 베어 그었다.

콰가가각.

스파크를 잔뜩 머금은 하늘빛 궤적이 전방에 있던 마족 병사들을 무참히 휩쓸었다.

삽시간에 수십 미터에 이르는 거리에 있던 적들을 쓸어낸 이델은 그 간격만큼 거리를 좁혔다.

"인간!"

거대한 오우거가 머리 위에서 대검을 내리쳐 왔다. 순간 발에 제동을 걸고 허공으로 한 번 몸을 날려 공격을 피한 후 다시 공중에서 몸을 띄운다. 그와 동시에 성검으로 오우거의 상체를 깊게 베어내고 착지했다.

일격에 절명한 오우거가 쓰러지는 것을 뒤로 다시 이델은 앞으로 걸음을 옮겼다.

"카아앗!"

"죽어라!"

앞에서 다른 적들이 달려오는 것을 본 이델은 왼발을 축으로 작게 몸을 회전시키며 검을 휘둘렀다.

달려든 적들은 어김없이 성검에 베여져 쓰러졌다. 바로 직후 회전을 멈춘 이델의 왼손에 바람이 모여 들었다.

"토레이도 샷."

손바닥에서 뻗어나는 돌풍이 한쪽에서 몰려오던 마족 병사들을 한꺼번에 날아가게 만들었다.

"우어어!"

"등 뒤에 있는 걸 이미 알고 있었다."

뒤에서 도끼를 내려치려 한 오크를 먼저 베며 이델은 나지막하게 말했다.

이제 목표와의 거리는 10여 미터에 불과했다. 아직 몇 명의 호위가 붙어 있었지만 그것은 큰 문제가 아니었다.

"겨우 한 놈이다. 어서 막아!"

"에엑! 놈은 오러와 마법을 모두 씁니다. 그런 놈을 어떻게……."

"시끄러워!"

부하의 엉덩이를 걷어차며 황금 갑주를 입은 오크는 추한 꼴로 자신의 목숨을 지키려 했다.

대체 저런 녀석을 뭘 믿고 이곳 수비를 맡겼는지 이델이 다 한심스러울 정도였다.

"시간이 아깝다."

말과 동시에 이델은 앞으로 화살처럼 빠르게 쏘아나갔다.

이델의 주위로 검광이 번쩍이고 지나가는 자리에 있던 적들이 핏줄기를 뿜으며 쓰러졌다.

미처 상대가 허리의 검을 뽑기도 전에 이델은 그대로 황금 갑주에 검을 깊숙이 찔러 넣었다. 그 직후 검을 빼고 반회전 하면서 목을 베는 데 성공했다.

툭. 데구르르.

떨어진 목을 주운 이델은 큰 목소리로 외쳤다.

"너희의 대장은 죽었다."

마족어로 외친 그 소리에 주변을 포위한 마족들이 움찔한다.

무능한 상관이지만 어쨌든 대장이 죽은 것을 본 데다가 이델의 실력도 알았기에 감히 나서질 못한 것이었다.

단 혼자 있는 이델을 두고 수백이 넘는 병사가 선뜻 움직이지 못하는 사이, 로위나의 지원을 이델을 따르는 병사들이 성벽을 넘기 시작했다.

"하앗!"

"크워어!"

난투가 벌어지고 성벽을 치열하게 전투를 벌였다.

투지에 불타는 저항군 병사들은 성벽 위에 있던 적들을 섬멸하고 마침내 성벽 위를 점령했다.

곧 그들은 성벽 아래로 내려와 아래에 있는 마족 병사들을 공격하기 시작했다.

"간다."

이델은 병사들을 돕기 위해 연속해서 공격 마법을 밀집한 적들 사이에 날렸다.

폭발이 연달아 벌어지고 저항군 병사들이 저돌적으로 공격하자 제대로 된 통제를 받지 못하게 된 마족 병사들은 제대로 싸워보지도 못하고 무너지기 시작했다.

"후퇴, 후퇴다!"

싸운다면 이길 수도 있는 상황이었지만 이미 사기를 바닥을 친 마왕군들은 도시를 포기하고 퇴각을 시작했다.

이 영향은 뒤늦게야 침공 사실을 알고 병장기를 들고 나온 일반 마족 주민에게 미쳤다. 이들은 침략자들을 상대로 싸우려고 했지만 도망치는 병사들의 모습에 두려움을 느꼈고 바로 투쟁 의식을 꺾이고 만 것이었다.

결국 주민들까지 도시 밖으로의 탈출을 시도하면서 걷잡을 수 없는 혼란이 생겨났다. 오죽 혼란하면 밟혀 죽는 이도 생길 정도였다.

"추격할까요?"

"아니, 관둬. 저들이 도시를 자연스럽게 나가게끔 하고 이후에 문을 확실히 봉쇄만 하도록 해."

"예."

고작 1천으로 다섯 배가 넘는 적병과 3만에 달하는 도시 주민들을 완전히 내쫓는 데 성공함으로써 팔테르는 저항군의 수중에 들어오게 되었다.

이 도시에는 마왕군이 저항군을 토벌하기 위해 준비한 막대한 양의 식량과 병장기가 존재했다. 그것을 고스란히 손에 넣었으니 엄청난 공적이라 할 수 있었다.

"이곳이 정리됐으니 나는 바로 그곳으로 가겠어."

"저희도 따라가겠습니다."

"아니, 혼자 움직이는 편이 더 빨라. 자네들은 이곳의 수비를 강화하고 대기하도록 해."

"알겠습니다."

지시를 내리고 이델은 바로 성문 밖으로 나왔다.

밖에는 아직 도시로 들어가지 않은 로위나와 호위 부대가 있었다.

"잘 다녀와."

"뒷일을 맡기겠습니다, 로위나 님."

로위나에게도 당부의 말을 남기고 이델은 마력을 운용해 비행 주문을 자신의 몸에 걸었다.

바람을 온몸에 감싼 채 이델은 이올라와 본대가 싸우는 있는 곳으로 빠르게 날아갔다.

*　　　*　　　*

"크하하하!"

광소와 함께 들려 있던 수인족 전사의 목을 아무렇게나 굴리는 오크 전사를 보며 저항군 병사들은 치를 떨었다.

그 옆에선 한 인간 병사의 목덜미를 물고 있는 뱀파이어가 있었다.

"감히 가축 주제에 반역을 해? 모두 피를 빨아내 주마."

"없애 버려!"

살기등등한 마족 병사들은 저항군 병사들을 계속해서 몰아붙였다.

어느 정도 대등하게 전투를 벌였지만 시간이 흐를수록 저항군이 불리해져 갔다.

채앵!

병사들의 머리 위에서 격돌을 벌인 이올라는 반대편으로 튕겨져 나갔다. 지휘만 하기에는 지금의 상황이 절박했기에 그녀도 검을 들고 싸우게 된 것이었다.

"크크큭!"

방금 전 이올라와 검을 주고받은 코볼트는 음산한 오러를 풍기며 웃음을 흘렸다.

곧 놈이 든 팔시온에서 무차별적인 난격이 쏟아져 나왔다. 그 공격은 적, 아군을 가리지 않았다. 이를 막기 위해 이올라는 힘을 방출하지 않을 수 없었다.

공격을 막았지만 조금씩 힘이 소진되는 것은 피할 수 없었다. 이대로 간다면 가진 힘을 전부 소진해 무릎을 꿇게 될 게 분명했다.

"흐아아앗!"

"조금만 더 몰아붙여!"

한쪽에서는 하프만이 적들에게 포위되어 힘겨운 싸움을 펼치고 있었다.

척 봐도 많이 지치고 크고 작은 부상을 입은 하프만은 힘겹게 날아드는 공격을 막고 간신히 버티고 있었다. 알로만과 아르단을 비롯한 이들도 비슷한 사정이었다.

"이겼군."

"승전을 축하드립니다."

"후후훗."

마지막 발버둥으로밖에 볼 수 없는 저항을 펼치는 저항군을 보며 마왕 직속 5군단을 이끄는 군단장인 오크 가바쉬는 승리를 확신했다.

가바쉬는 지휘봉을 휘두르며 명령을 내렸다.

"자아! 놈들을 한 마리도 남기지 말고 깨끗하게 청소하는 거다."

"가바쉬 님!"

"뭐냐."

기분 좋게 명령을 내리는 참에 뒤에서 자신을 부르자 가바쉬는 짜증어린 목소리를 내며 뒤를 보았다.

부관이라 할 수 있는 오크가 황급히 손가락으로 전장의 반대편을 가리키며 말하였다.

"후방에서 웬 녀석이 나타났습니다."

"뭐라고?"

말처럼 후방에서 난데없이 전투가 벌어지고 있었다.

수백에 달하는 병력이 있었지만 그들은 달려오는 한 명을 막지 못했다. 막으려고 하지만 오러의 일격이 그것을 허용하지 않게 했다.

"오러 유저인가."

"어쩔까요."

"기껏해야 한 놈이다. 나르크 경에서 가서 처리하라고 해라."

"넵."

가바쉬의 지시에 대기 중이던 거구의 코볼트가 단숨에 후방으로 달려갔다. 정면에서 달려오는 이자를 본 이델은 갓 휘두른 검을 고쳐 잡고 창공검을 전개했다.

거리가 삽시간에 좁혀지고 둘은 서로에게 검을 뿌렸다.

엇갈리는 순간 이델의 성검에 핏방울이 묻었다. 스치긴 했지만 상대의 몸에 상처를 남긴 것이었다.

"캇! 잘도 내 몸에 상처를 내겠다."

"너랑 놀아줄 틈이 없다."

이델은 수직으로 날아드는 강맹한 검격을 살짝 피하면서 성검의 끝을 상대에게 겨눴다.

이를 본 나르크는 움찔했다. 하지만 그가 미처 피하기 전에 이델의 기술이 먼저 펼쳐졌다.

"스카이 레인!"

콰가가각!

뿜어져 나간 파편들이 상대를 덮치는 것을 보지도 않고 이델은 다시 앞으로 진격해 갔다.

무수한 마족 병사들 너머로 힘겨운 싸움을 펼치는 동료들이 모습이 보였다.

'이 이상 희생자가 나오게 둘 순 없다.'

이델은 주변의 적들을 한꺼번에 날려 버리곤 허리 뒤에 찬 주머니에서 뭔가를 꺼내 들었다.

그것은 바로 이델 본인이 팔테르를 점령할 때 직접 목을 벤 오크의 머리였다.

"들어라!"

음성 확대 주문까지 써가며 이델은 자신의 목소리가 전장 전체에 퍼지게끔 했다.

"이미 너희가 있던 팔테르는 우리 저항군이 함락시켰다."

"뭣이라고?"

멀리 있었지만 또렷하게 이델의 말을 전달받은 가바쉬는 입을 다물 줄도 모르고 경악했다.

지금 이델이 높게 치켜든 머리가 누구의 머리는 바로 가바쉬가 도시에 남겨둔 그의 친 형제의 것이었다. 그랬기에 지금 선언한 저 말이 위기를 모면하기 위해 내뱉은 거짓말이 아니라는 것을 알 수가 있었다.

갑작스런 선언에 놀란 건 다른 마왕군 병사들도 마찬가지였다.

그런 상황에서 평원의 다른 편에서 군대가 움직이는 것이 포착되었다.

"가바쉬 님! 적의 원군으로 보이는 군대가 나타났습니다."

"그럴 리가! 반란분자들이 아직 더 있었단 정보는 없었다."

"하, 하지만 지금 나타난 적은 저들과 같은 깃발을 들고 있습니다."

새로 나타난 군대는 저항군이 가지고 있는 녹색 문양에서 태양의 심벌이 그려진 깃발과 동일한 깃발을 가지고 있었다.

비록 그 숫자는 1만도 채 되어 보이지 않았지만 그들이 가세한다면 기껏 다 잡은 승기를 놓치게 될 게 뻔했다. 게다가 후방의 보급 기지인 팔테르가 함락되었다는 사실도 주저함을 키웠다.

많은 병력은 아니었지만 그래도 5천에 달하는 병력과 3만의 주민이 있는 도시를 그 사이에 이쪽이 모르게 점령했다면 분명 적지 않은 병력으로 공격을 했을 게 분명하라고 가바쉬는 지레짐작했다.

"크윽, 제기랄! 전군 동쪽으로 후퇴한다."

"예?"

"지금 팔테르로 간다면 앞뒤로 협공을 당하고 말 거다. 그러니 일단 피스테스로 후퇴한다."

"아, 옛!"

가바쉬는 분통을 터트리며 홀로 있는 이델을 보았다. 자신의 동생을 죽인 이델만큼은 죽여야겠다고 생각한 그는 이델을 포위하고 있던 병사들에게 마법사의 도움을 받아 말을 전달했다.

"저기 있는 놈을 죽인다면 금화 100닢을 내리겠다."

"금화 100닢?"

"케헷!"

그 말에 방금까지만 해도 감히 이델에게 덤벼들지 못하던 마족 병사들은 물욕에 눈이 멀어 살기를 보이기 시작했다.

이를 눈치챈 이델은 들고 있던 머리통을 바닥으로 던지고 마력을 모았다.

"죽엇!"

뒤에서 달려드는 트롤을 향해 이델은 손을 뻗었다. 그러자 그 손바닥에서 화염이 뿜어져 나가 상대를 뒤덮었다.

"우아아아!"

"저건 내 거다."

틈이 보이기를 기다렸던 자들이 한꺼번에 무기를 휘둘러 왔다.

이델은 사방에서 덮쳐오는 공격을 뿌리치기 위해 일단 공중으로 몸을 띄웠다. 설마 제자리 뛰기로 손이 닿지 않는 곳까지 가버릴 줄 몰랐던 마족 병사들은 황당해하는 표정을 지으며 위를 쳐다보았다.

약 20m 가까이 뛰어오른 이델은 아래를 내려다보았다. 그런데 순간 귀를 거슬리게 하는 소리가 들려왔다. 그 소리는 가고일의 날개가 퍼덕이는 소리였다.

'일곱인가.'

자신을 향해 날아드는 적의 숫자를 파악한 이델은 재차 에어 워크로 공중에 몸을 띄우면서 마법을 펼쳤다.

"샤이닝 레인!"

이델의 손에 뻗어나간 빛으로 된 마법탄이 하늘을 수놓았다.

날아드는 마법탄을 피해 가고일들은 급선회를 하였다. 하지만 미처 피하지 못하고 다섯이 아래로 추락했다.

마법을 피한 나머지 둘이 다시 방향을 바꾸며 하늘에 떠 있는 이델을 향해 빠르게 날아왔다. 그것을 본 이델은 곧바로 고개를 아래로 숙였다.

"그럼 내려가 볼까."

날개를 가진 가고일과 계속 공중전을 펼칠 바엔 적이 우글
거리는 아래로 내려가는 편이 나았다.

오러를 몸 전체에 감싸면서 이델은 곧장 아래로 낙하했다.

"다이빙 드라이브!"

수직 낙하한 이델을 중심으로 반경 수십 미터가 충격파에
휩쓸렸다.

착지한 이델의 주변엔 엉망으로 쓰러진 적들이 즐비했다.

한숨을 돌리려는 찰나에 갑자기 한쪽에서 강렬한 기감이
느껴졌다.

투캉!

시야 밖에서 행해진 일격을 그야말로 간발의 차로 막아내
었다. 하지만 이를 막기 위해 무리한 탓에 팔에서 통증이 느
껴졌다.

이델과 검을 부딪친 상대는 바로 아까 잠시 검을 주고받았
던 코볼트 오러 유저 나르크였다.

"케헤헷! 네놈 목은 내 것이다."

"누가 순순히 당해줄까… 보냐."

이델은 자신을 압도하려는 나르크에게 맞서 힘을 쓰기 시
작했다.

조금씩 밀리던 상황을 모면하기 시작한 이델은 살짝 성검
에 들어가던 힘을 뺐다.

"어디 얕은 수를!"

"칫! 역시 안 통하나."

힘을 빼는 것으로 상대의 균형을 무너뜨려 보고자 했지만 실패하고 말았다. 상대가 쏟아내는 매서운 공격을 이리저리 피하면서 이델은 반격의 기회를 기다렸다.

둘이 치열하게 접전을 벌이는 사이에 마왕군은 천천히 동쪽으로 물러나기 시작했다.

"이대로 가게 내버려 둘 것 같으냐!"

"아까 잘도 우리 피를 빨아먹겠다고 했겠다."

"잠, 잠깐만! 크학!"

후퇴하는 마족들을 향해 저항군 병사들의 핏빛 복수가 펼쳐졌다.

나름 정예 병사이라 그런지 후퇴할 때도 흐트러짐이 없었지만 어쨌든 지고 후퇴하는 것이었기 때문에 마왕군이 입는 피해는 적지 않았다.

이런 가운데 조금 전에 자신이 상대하던 오러 유저를 쓰러뜨린 이올라는 다시 사령관으로서의 임무를 맡아 군대를 통솔했다.

"반격을 하되 적당한 선에서 물러나야 합니다. 각 지휘관들에게 이 사실을 전파하세요."

"알겠습니다."

이올라의 명에 저항군은 무작정 마왕군을 추적하지 않았다.

그러는 사이에 마침내 새로 나타났던 지원군들이 당도했다. 그런데 그들은 살아 있는 존재가 아니었다.

달그락. 달그락.

뼈만 앙상히 남아 저항군의 깃발을 든 해골 병사를 위시로 각종 해골 병사들이 멈춰 섰다. 이들은 모두 마족들의 시체로 만들어진 언데드들이었다.

이들의 선봉에는 리치 로스틴이 있었다.

―다행히 작전이 제대로 성공했군.

언데드 군단을 이끌고 온 로스틴은 후퇴하는 마왕군을 보며 말했다.

만약 여기에서 가바쉬가 후퇴하지 않고 병력을 추슬러 맞대응했다면 로스틴이 이끄는 언데드 군단이 가세해도 마왕군에 비하면 명백하게 열세였기 때문에 승패를 가늠하기 어려웠을 것이다.

먼저 이델이 와 팔테르를 함락한 사실을 알린 덕분에 가바쉬가 저항군의 전력을 본래 수집한 정보보다 높다고 판단하게 되었고 그것이 곧 오판을 불러 일으켰다. 그 덕에 더 큰 피해를 입을 수 있는 전투를 피하고 적을 패퇴시킬 수 있었던 것이다.

―그런데 이델은 아직도 전투 중인가.

마왕군이 퇴각을 하는 상황이었지만 아직 잔존한 마왕군 병력과의 전투가 곳곳에서 펼쳐지고 있는 전장에서 이델은 여전히 대결을 펼치고 있었다.

"이런 망할……!"

"안 됐지만 이대로 너를 탈출시킬 수는 없다."

이델은 자신과 상대하기를 포기하고 전장에서 벗어나려는 나르크를 놔주지 않았다.

무수한 검격을 주고받으면서 악착같이 들러붙는 이델을 떼어놓기 위해 나르크는 닥치는 대로 검을 날렸다.

하지만 그런 공격에 당할 이델이 아니었다. 마침 쫓는데 허점이 보였다. 그것을 노리고 혼신의 일격을 날렸다. 이를 안 나르크가 방어를 했지만 성검이 더 빠르게 그의 몸을 훑고 지나갔다.

오러 가드도 찢어발기며 정확하게 들어간 일격에 나르크는 외마디 비명도 지르지 못하고 죽음을 맞이하고 말았다.

이델이 그렇게 마족 측 오러 유저를 한 명 처단하는 것으로 이 전투는 저항군의 승리로 끝맺음하게 되었다.

*　　　*　　　*

치열했던 전투를 끝내고 저항군은 점령한 도시 팔테르에서 푹 쉬게 되었다.

"우와! 엄청난데."

"배터지게 먹고도 남겠는걸."

마왕군이 쌓아놓은 식량을 보고 병사들은 크게 기뻐했다.

안 그래도 시온의 식량 사정이 어려워지기 시작한 때였기 때문에 엄청난 식량을 확보한 것은 큰 수확이었다.

특히 저항군 사정으로는 확보하기 어려웠던 고기와 술 같은 기호품을 확보한 게 병사들을 기쁘게 했다.

"이걸 다 시온까지 옮기는 게 문제이겠는데."

"다행히 이것들을 실을 마차와 수레는 충분해요. 부상병들을 보낼 때 함께 수송하도록 하죠."

이올라는 식량과 이번 전투로 생긴 3,000여 명의 중상자를 시온까지 보내는 일을 위해 오러 유저인 아르단과 그가 이끄는 켄타우르스 부대에게 호위를 맡겼다.

다소 무리한 결정이었지만 지나온 후방에 딱히 병력을 배치해 완벽한 점령을 해둔 게 아니었기 때문에 이 정도 호위는 필요했다.

"남은 병사들도 충분히 쉬게 해줘야지."

"예, 그래야죠."

가장 커다란 전투였던 만큼 병사들의 피로는 꽤 쌓인 상태였다.

사령관인 이올라는 병사들에게 술과 고기를 나눠주고 교대로 푹 쉴 수 있게끔 했다.

이에 저항군 병사들은 남겨진 식량과 도시의 건물들을 통해 충분히 먹고 쉴 수가 있었다.

병사들이야 느긋하게 쉬었지만 지휘관들의 사정은 달랐다.

"곧 자신들이 속은 사실을 알면 바로 이곳을 되찾으러 올 겁니다. 그에 따라 농성을 준비해야 할 필요가 있습니다."

"그 부분은 찬성이긴 한데 이곳에 오래 머물 수 있는 입장은 아니잖아, 우리."

이델의 말에 대부분이 고개를 끄덕였다.

지금에야 승승장구를 하고 있지만 이쪽은 어디까지나 가용할 수 있는 전력에 한계가 있다. 반면 적은 무한하다고까지 할 수 있는 전력을 가지고 있다. 때문에 도시를 점령했다고 그곳에서 농성을 한다는 것은 스스로 죽을 길을 걸어 들어가는 것과 같은 행위라 할 수 있었다.

"그렇지만 병사들의 휴식도 필요한 일입니다. 특히 이번 전투도 피해가 큰 부대들의 경우에는 편성을 다시 할 필요도 있습니다."

"그건 맞는 말이네."

하프만은 이올라의 말에 동조를 했다.

이번 전투로 무려 3,500여 명의 전사자가 나오고 3,000여 명의 중상자가 생겼다. 그리고 부상자는 그 둘을 합한 수보다도 많았다. 이런 까닭에 실제 전투 가능한 병력은 3만이 좀 넘는 수준까지 줄어 있는 상태였다.

이런 상황에서 병사들의 체력이 떨어지고 피로가 쌓인다면 계속해 새로운 병력으로 공격해 올 마왕군에 대적하기가 분명 어려울 것이었다.

이 상황에서 이델은 살짝 시선을 다른 곳으로 돌린 후 말을 꺼냈다.

"총사령관, 다르나로스에서의 상황은 아직 알 수 없는 것입니까."

―아직 문델 교단 측에서 연락이 온 게 없네.

통신 마법으로 원거리에서 회의에 참관한 군터는 덤덤하게 말했다.

마족, 예전 어둠의 종족이라 불리던 종족들이 모시던 달의 신 문델은 마왕 지배 시대가 되면서 다른 신들과 함께 잊혀졌다. 그러나 극소수의 신자들이 남아 교단이 그 명맥을 유지하고 있었다.

이들 문델 신의 신자들은 자신들의 신을 추방한 현재의 마왕을 처단하고 싶어 했다. 하여 이노센트 라이트와 동맹 관계를 유지하고 있었고 이번 작전을 위해 암흑 제국의 수도인 다르나로스의 정보를 전달해 주고 있는 중이었다.

"이번 전투에 대한 소식이 알려지면 아마 분위기가 달라지겠지."

―용사의 존재가 지속적으로 알려지고 또한 휘하의 군대를 패한 사실이 알려지는 이 상황에서 마왕이 자신의 존재감을 지키기 위해 움직일 가능성이 높다는 예측이 있으니 좀 더 기다려 보게.

"차라리 얼른 나타나줬으면 좋겠군요. 그래야 얼른 이 전쟁을 끝낼 수 있지 않겠습니까. '

이델의 대구에 지휘관들 대부분이 피식 웃었다. 하지만 곧 군터의 말에 분위기를 원래대로 했다.

―이쪽으로 마왕에 대한 정보가 들어오면 바로 알려주도록 할 테니 그곳에서는 새로운 지시가 있을 때까지 계속 임무를 속행할 수 있길 바란다.

"네, 알겠습니다."

이올라는 어느 때보다 절도 있게 대답했다.

이 둘의 대화가 끝날 타이밍에 이델은 잠시 수정구 너머의 군터에게 질문을 던졌다.

"그나저나 그쪽 일은 어찌 되어가고 있습니까?"

―이곳의 일은 차질 없이 준비되고 있네.

"다행이군요."

이쪽의 일만큼이나 중요한 것이 바로 군터가 맡은 일이었다. 양쪽 중 어느 하나라도 실패하거나 혹은 계획한 대로 하지 못한다면 모든 게 물거품인 만큼 더욱 신중에 신중을 기할 필요가 있었다.

군터는 앉아 있는 인원들을 보며 말을 전달했다.

―원래의 세상을 되찾기 위해 다들 조금만 더 힘내주길 바란다.

"예!"

이것으로 원거리 통신 마법을 통한 회의는 끝이 났다.

이올라는 모두를 보며 소견을 밝혔다.

"다르나로스에서 별다른 움직임이 없는 만큼 일단 이곳에 주둔하면서 전방위로 정찰병을 보내 주변의 마왕군의 동태를 살피기로 하죠."

"찬성입니다."

"그게 좋을 것 같다고 생각합니다."

"나도 찬성이야."

하프만을 비롯한 다른 지휘관들과 이델까지 모두 이올라의 말에 찬성을 하였다.

이로써 이올라가 이끄는 저항군은 달콤한 휴식을 며칠 더 할 수 있었다.

하지만 그 시간, 다르나로스에서는 해병인 크라켄 해병 전단을 제외한 마왕 산하의 다섯 개 전투 집단과 여섯 개의 군단이 한곳에 집결해 있었다는 사실을 알았다면 그렇게 편히 쉴 수 없었을 것이었다.

*   *   *

휴식을 취하고 부대를 정비한 저항군은 다시금 전투를 준비해야 했다.

이번엔 적이 한 방향에서만 진격해 온 게 아니었다.

저항군이 있는 팔테르를 중심으로 동쪽에선 가바쉬가 이끄는 5군단과 기타 병력까지 해서 6만의 병력이 진군해 오고 있었고 북쪽에서도 영지를 빼앗긴 코볼트 로드 케틀라가 추가로 보낸 용병 위주의 3만 병력이 남하했던 것이다.

이에 이올라는 망설임도 없이 팔테르를 버리고 후퇴를 선택했다.

어차피 도시에 있던 것 중 쓸모 있는 것은 전부 후방으로 빼냈기 때문에 남는 미련 같은 것은 없었다.

이렇게 도시를 버리고 탈출을 하자 동쪽과 북쪽에서 진격해 온 마왕군은 바로 합쳐 뒤를 쫓기 시작했다.

쏴아아아.

꽤나 큰 비가 내리는 날이었다.

"자, 서둘러!"

"함정 준비는 어떻게 됐지?"

"드워프들이 힘써준 덕에 예정보다 1시간 일찍 준비 완료 했습니다."

"좋아."

저항군은 후퇴를 멈추고 한 이름 없는 산의 산자락에 진을 폈다.

이곳에서 만반의 준비를 갖추고 기다리기를 수 시간. 드디어 적들이 시야에 들어왔다. 저번보다 많은 적의 군세는 이쪽을 기죽게 만들기 충분했다.

이때, 이델이 모두가 보는 앞에서 목소리를 높였다.

"모두들 용기를 냅시다!"

단 한마디의 말이었지만 파급력은 역시나 컸다.

공포와 긴장으로 잔뜩 얼어 있던 병사들을 변하게 만든 이델은 이올라의 곁에서 의연히 적진을 보았다.

대치는 만 하루 동안 이뤄졌다.

비가 서서히 그치고 두껍게 깔려 있던 먹구름들이 걷히기 시작할 쯤에 적의 진격이 시작됐다.

"온다."

"젠장! 어디 한번 와보라지."

저항군 병사들은 악으로 깡으로 소리치며 거대한 물결을 만들며 전진하는 마왕군들이 오기를 기다렸다.

"마력 활성화 조짐이 있습니다."

"바로 방어를 전개하세요."

관측을 맡은 마법사가 적의 공격 마법 전개를 사전에 알려 왔다. 이에 이올라는 방어를 지시했고 적의 마법을 막기 위해 다중의 방어막이 펼쳐졌다.

숫자로서나 질적으로 모두 열세였기에 저항군의 마법 병단은 이번에는 공격은 포기하고 오로지 수비에 집중했다.

콰앙! 쾅!

방어막이 쳐진 직후에 무차별적인 마법 폭격이 이뤄졌다.

마법사 전력 전체를 방어에 돌리지 않았다면 꽤 피해를 입었을 게 분명한 공세였다.

'적의 마법 폭격은 봉쇄했다. 하지만 우리도 대단위 마법으로 적을 공격하지 못하니 결국은 서로 비긴 셈이다.'

적은 이쪽의 3배가 넘었다. 마법의 지원이 없다면 이쪽이 상당히 불리하다 할 수 있었다.

물론 그런 숫자상의 불리함을 줄이기 위해 나름 준비를 하기는 했다. 그렇지만 결국 승부를 가르는 것은 병사들이 얼마나 잘 싸워주느냐에 따라 달려 있었다.

"카오오오오옷!"

"카우차!"

고함과 마족어로 외쳐지는 살벌한 말들이 벌써 이델이 있는 곳까지 들려왔다.

"으음."

"안 돼요."

이델이 몸을 움찔움찔하자 이올라는 딱 잘라 말했다.

이 말을 들은 이델은 짐짓 안타까운 표정을 감추지 못했다.

'나도 앞에 나가 싸우고 싶은데…….'

아무것도 안 하고 구경만 해야 한다는 사실이 안타깝기 그지없었다.

지금 이델은 이올라의 부탁으로 일선에서 빠지게 되었다. 이런 전투에 빠지게 된 것은 지난번 전투 때 입은 팔의 골절상 때문이었다.

팔의 치료는 특별히 신경 써서 했기 때문에 거의 회복되었다. 하지만 이올라는 안정을 더 해야 한다는 이유를 이델을 전선에서 뺐다.

이델은 한숨을 쉬며 앞을 보았다.

어느 사이엔가 적의 선두가 산 아래까지 도착해 있었다.

"지금이다."

"으라차!"

드워프들은 지렛대를 고정시킨 줄을 단숨에 끊어버렸다.

그러자 경사를 따라 거대한 바윗돌들이 아래로 굴러 떨어지기 시작했다.

마침 어제 비가 온 덕에 마찰이 적어 금방 빠르게 굴러 갔기에 피할 시간은 적에게 거의 주어지지 않았다.

"피, 피해라!"

"으아악."

막 경사면을 따라 위로 진격하던 마족 병사들은 그대로 막대한 피해를 받았다.

낙석에 처음부터 피해를 받았지만 이내 후속해 온 다른 마족 병사들이 자리를 채웠고 다시금 산 위로 기어오르기 시작했다.

이에 저항군은 다음 공격을 준비했다.

"홉!"

"이 정도쯤이야."

상반신을 아예 벗은 거인들은 자신의 키에 버금가는 커다란 철구가 매달린 쇠사슬을 붙잡았다.

아무리 괴력을 타고난 거인이라도 버거웠는지 팔뚝에선 힘줄이 도드라지고 온몸에서 땀이 흘러나왔다. 하지만 그들은 쇠사슬을 묶인 철구를 땅에서 떼어냈다.

붕! 붕!

제자리에서 돌며 철구를 돌린 거인들은 그것을 산 아래로 힘껏 던졌다.

"또 같은 수에 당할 것 같으냐."

마족들은 하늘에서 떨어지는 철구를 보고 그 자리를 피했다.

생각보다 피해가 적은 공격을 무시하며 마왕군은 계속해 위로 돌격했다.

"걸려들었군."

이델은 그런 모습을 지켜보며 회심의 미소를 지었다.

째각째각.

철구 안에서 묘한 소리가 들려왔다. 하지만 그것을 눈치챈 마족은 단 한 명도 없었다.

마침내 그 소리가 멈췄다. 그러자 갑자기 철구가 번쩍 빛나기 시작했다.

쿠아아앙!

대폭발이 산 곳곳에서 벌어졌다.

강력한 폭염 주문만큼이나 강한 폭발에 마족 병사들은 다시금 막대한 피해를 받았다.

'이것 참. 성벽이 있는 곳을 공략하기 위해 준비한 무기가 이런 식으로 위력을 발휘할 줄이야.'

지금 사용된 물건은 소인족 연금술사들과 드워프 장인이 합작해 만든 폭탄이었다.

이델이 살던 시대에는 존재하지 않던 물건으로, 제대로 재료를 갖추고 만든다면 대규모 위력을 발휘하는 폭발 주문에 버금가는 위력을 가진 폭탄은 제작이 무척 어려운 까닭에 많은 양을 보유하고 있지 못했다.

이제껏 적절한 기회가 없어 쓰지 못하다가 이번에 사용하게 된 것이었다.

콰앙!

폭발은 단 한 번으로 끝나지 않았다.

사실 거인들에 의해 던져진 것은 기폭제에 불과했다. 실제 보유하고 있던 다수의 폭탄은 미리 땅 아래에 묻어두고 있었다.

폭발의 여파에 함께 폭발하도록 조정되어 있던 폭탄은 일정 간격을 두고 매설되어 있었기에 지금 면밀한 계산을 걸쳐 얻은 결과대로 순차적으로 폭발을 일으켰다.

"후와! 엄청난데."

말로만 들었을 때는 설마 얼마나 대단할까, 라고 생각했었다. 하지만 막상 폭발의 열기가 멀리 산 위까지 전해지자 그 생각은 완전히 바뀌고 말았다.

마법사의 힘이 아닌 것으로 이 정도의 위력을 낼 수 있다는 게 놀랍게만 했다. 하지만 지금 쓰인 폭탄은 예전에 개발되었던 초창기 폭탄에 불과했다.

아무튼 연쇄 폭발에 마왕군은 엄청난 타격을 입고 말았다.

마법사들이 뒤늦게 손을 썼지만 마법이 아닌 지면 아래에서의 폭발을 막을 재간은 없었다.

결국 수천에 달하는 병력을 잃고 급히 병력을 후퇴시킬 수밖에 없었다.

이에 저항군 병사들의 사기는 급상승했다.

"이잇! 고작 저런 것에 당하다니."

"고정하십시오."

가바쉬는 부관의 말은 귀담아듣지도 않고 명령을 내렸다.

"당장 놈들을 씹어 먹어도 시원치 않다. 당장 오러 유저들을 내보내."

"예? 하지만 그건 너무 성급합니다. 아직 저 산에 어떤 함정이……."

"시끄럽다! 시키는 대로 해!"

"예, 옛."

가바쉬의 고집에 마왕군 측 오러 유저들이 움직였다. 그 수는 총 7명이었다.

파아앗!

먼저 존재를 과시함으로써 이쪽의 기를 죽이기 위해 그들은 오러를 눈에 보이게 뿜어냈다.

"오러 유저다."

"진짜배기가 오는 건가."

방금까지 하늘 높은 줄 모를 정도로 치솟던 병사들의 사기가 순간 주춤해졌다.

아무래도 강력한 초인이라 할 수 있는 오러 유저들이 전장에 나온 것을 본 게 그 원인인 것 같았다.

이를 지켜본 이델은 이올라를 보며 말했다.

"우리도 가만히 구경할 수만은 없잖아. 이제 나도……."

"제가 갑니다."

"뭐?"

생각지도 못한 말에 이델은 자신도 모르게 반문을 던지고 말았다.

이런 이델을 보며 이올라는 차분히 말했다.

"이곳 지휘를 잠시 부탁드리겠습니다."

"아니, 잠깐만…."

"이델 경이라면 충분히 잘해낼 수 있을 것이라고 믿습니다."

살짝 미소를 보이고는 이올라는 훌쩍 몸을 날렸다.

이 바람에 말을 할 타이밍을 놓친 이델은 벙찐 표정으로 산 아래로 내려가는 이올라의 뒷모습을 볼 수밖에 없었다.

이올라를 필두로 산 위에서 4개의 오러가 나타났다.

양측 군대가 지켜보는 가운데 오러 유저들은 중간 지점으로 빠르게 향했다.

  잠시 군대 대 군대의 싸움이 멈추고 초인들의 혈투가 펼쳐지게 된 것이었다.

*   *   *

  과거에 인간 왕국끼리 전쟁이 벌이던 시절엔 뛰어난 기사, 주로 오러 유저들이 먼저 나와 승부를 벌였었다. 때론 그 승부 하나만으로 그 전투의 승패가 정해지기도 했다.

  이제는 그런 일을 거의 찾아볼 수 없게 되었는데 지금 이곳에서 그것을 다시 볼 수 있게 되었다.

  파칭!

  곳곳에서 오러 유저들끼리 충돌한다.

  단순히 검격을 주고받았을 뿐인데도 그 충격이 사방에 전해졌다. 이 가운데에서 이올라는 두 명의 오러 유저를 상대로 전투를 벌였다.

  "우어!"

  철퇴에 오러를 잔뜩 실어 오크가 공격을 시도했다. 이올라는 바람을 화한 오러를 날려 그자의 접근을 차단했다. 이때, 뒤에서 비겁하게 홉고블린을 검을 휘둘렀다.

  이올라는 살짝 몸을 돌리며 등 뒤로 그 공격을 흘려냈다.

그렇게 둘을 한 방향을 모아놓는데 상대의 기세들이 일변했다.

"데스 크로스."

"대지의 격돌!"

이올라를 향해 강력한 오러 스킬이 쇄도했다.

날아드는 공세에 이올라는 대검을 땅에 박아 넣었다. 순간 전방으로 오러가 솟구쳐 나가더니 대지를 따라 흐르던 오러를 막아 세웠다.

하나의 공격을 막아낸 이올라는 바로 직후에 다가온 십자 형태의 오러를 피해냈다. 자신들의 공격이 막히자 두 명의 마족들은 적잖게 놀라워했다.

공격을 피했으니 이제는 반격을 펼칠 차례였다.

이올라는 땅에 꽂았던 대검을 뽑아들면서 오러를 뿜어냈다.

"스톰 디바이드."

휘둘러진 대검에 의해 무수한 참격이 앞으로 날아갔다. 이에 한 자리에 있던 두 마족은 각각 양 옆으로 흩어졌다.

이올라는 오러를 바람처럼 일으키면서 앞으로 달려갔다.

이델의 에어 워크처럼 바람을 다리 아래에 두자 그녀의 이동 속도는 보통의 오러 유저보다도 빨랐다. 그녀가 향한 곳에는 홉고블린이 있었다.

"데스 크로스!"

"스톰 브레이크."

상대가 날린 기술을 고스란히 상쇄하면서 이올라는 상대에게 근접하는 데 성공했다.

대검은 녹색 기운의 바람에 휩싸여 앞으로 질주했다.

푸악!

"크아아악!"

고블린의 오른 팔이 대검에 의해 잘려졌다.

이올라는 여기서 멈추지 않고 다시 대검을 휘둘러 상대의 허리를 양단하였다.

"오오, 사령관님께서 적 오러 유저를 쓰러뜨렸다."

"만세!"

이올라가 마족 측 오러 유저 중 한 명을 쓰러뜨리는 모습에 병사들은 쾌재를 불렀다.

주변의 보는 눈 때문에 가만히 있었지만 이델 역시 그 광경을 보고 내심 크게 기뻐했다.

'이걸로 6대 4다.'

열세인 상황에서 상대편의 숫자를 한 명 줄인 것은 큰 수확이었다. 그러나 아직 안심하기는 일렀다.

이델은 이올라가 싸우는 곳에서 좀 떨어진 장소를 보았다.

그곳에는 한 명의 하프 엘프 전사가 오우거를 상대로 불안하게 싸우고 있었다.

이 전사는 알로만처럼 새로 합류한 오러 유저였다. 그는 오러 유저가 된 지 몇 년 되지 않았고 경험도 부족해 4인 중 가장 실력이 떨어졌다.

"비리비리한 주제에 잘도 버티는구나."

"으윽."

오우거가 내지르는 두 자루의 배틀 엑스를 연신 피하면서 하프 엘프 전사는 옅은 초록빛 오러가 희미하게 드러내는 롱소드를 연신 공격을 펼쳤다.

분명히 제대로 정타가 들어갔지만 상처는 미미하기만 했다.

"후화하핫! 그 정도 공격으로 이 타당카 님의 몸을 해칠 수 있을 것 같으냐."

자신을 타당카라 밝힌 오우거는 으스대며 하프 엘프 전사를 몰아붙였다.

그 모습을 본 알로만를 그를 돕고자 했다.

"에셀드, 물러나게."

"……!"

자신의 이름이 불리자 에셀드는 타당카를 피해 뒤로 몸을 날렸다.

알로만은 해머를 꽉 쥐더니 힘을 집중했다. 순간 두꺼운 그의 팔뚝의 근육이 2배 가까이 부풀어 올랐다.

"가라앗!"

외침과 함께 알로만은 해머를 타당카에게 던졌다.

생각지도 못한 공격에 타당카는 급히 두 자루의 배틀 엑스를 교차하며 방어를 하였다. 하지만 날아든 해머와 충돌하자 한 자루의 배틀 엑스는 부서지고 다른 한 자루에도 타격이 들어갔다.

충돌한 해머는 허공을 날았다.

"비켜라, 이놈!"

자신이 상대하던 오크가 휘두른 글레이브를 피해내며 알로만은 짧은 다리로 열심히 뜀박질을 했다. 그리고 공중을 나는 해머를 낚아채기 위해 힘껏 도약했다.

간단히 해머를 낚아챈 알로만은 에셀드를 향해 쩌렁쩌렁하게 고함쳤다.

"뭐하고 있는가! 지금 놈을 칠 절호의 기회다."

그 말에 에셀드는 잠시 망설이다 타당카에게 검을 휘둘렀다.

명색이 오러 유저였던 만큼 나아가는 검의 움직임은 대단히 빠르고 정교했다. 그러나 같은 오러 유저의 눈에는 아주 약간 부족함이 있는 동작들이었다.

"어디 덤벼봐라!"

고함과 함께 타당카는 하나 남은 배틀 엑스를 집어던졌다.

알로만과 다르게 그냥 앞으로 던진 것에 불과했지만 원래 가진 힘이 워낙 좋다 보니 그 기세가 대단했다.

정면으로 날아드는 이 배틀 엑스를 에셀드는 오러가 실린 일격으로 파괴했다. 하지만 이것 자체가 타당카가 노린 노림수였다.

"우라! 우라!"

전신에 오러를 감싼 타당카는 부서진 도끼의 파편은 신경도 쓰지 않고 몸을 들이밀더니 주먹으로 에셀드가 서 있는 곳을 공격했다.

풍압을 일으키며 날아든 주먹을 아슬아슬하게 피해 보인 에셀드였지만 그는 곧 생각지도 못한 일을 당했다.

"크흐흐, 잡았다."

"이거… 놔."

타당카의 두꺼운 팔과 가슴 사이에 붙잡힌 에셀드는 거기서 벗어나려 애썼다. 하지만 그는 조금도 벗어나지 못하고 계속 붙잡혀 있어야 했다.

"흐흐."

타당카는 잔혹한 웃음소리를 내더니 그대로 에셀드를 짓누르기 시작했다.

"아아악!"

"이런!"

그것을 본 알로만은 손을 쓰려 했다. 하지만 그가 상대하는 적의 방해로 도움을 줄 기회를 찾지 못했다.

이는 다른 두 사람도 마찬가지였다.

"하하핫!"

"커, 커흑."

뼈가 부서지는 섬뜩한 소리는 연신 들리고 꼼짝없이 당할 수밖에 없던 에셸드의 몸은 점점 한계에 봉착하게 되었다. 이대로 둔다면 그의 생명을 장담키가 어려웠다.

멀찍이 떨어져 이 상황을 보던 이델은 더 이상을 참을 수가 없었다.

"제길! 더 이상 두고 볼 수는 없어."

"안 됩니다."

막 이델이 뛰쳐나가려는 것을 주위에 있던 사람들이 가로막았다.

"비켜."

"그럴 수는 없습니다. 아직 용사님의 상태는 온전치 못한 것을 압니다. 행여 더 큰 부상을 입으신다면 그땐 걷잡을 수 없는 일이 벌어지고 맙니다."

"맞습니다. 그리고 사령관님께서 뒤를 맡기시지 않으셨습니까. 그런데 지금 그것을 저버리려 하십니까."

"동료가 죽어가고 있다. 그런 것을 신경 쓸 수 있을 것 같아."

이델은 어떤 말도 듣지 않으려 했다. 하지만 그런 그를 막은 자가 있었다.

"그만두게."

"하프만 님, 말리지 말아주세요. 지금 저대로 있으면 저 친구는 죽습니다."

"설혹 그렇다 하더라도 지금 자네가 나서선 안 되네. 부상이 아직 완벽하게 낫지 않은 이상 무리해 전투에 참가하면 아무리 자네라도 무사할 수가 없네."

"전 괜찮습니다."

손목 하나 제대로 못 쓴다고 부상자 취급 받는 것은 이제 사양이었다.

결국 이델은 하프만의 만류도 뿌리치고 격전이 벌어지는 곳으로 향하고 말았다.

'제발, 늦지 않기를!'

이델은 대지를 달리는 대신 최대 속도로 하늘을 날아 곧장 타당카가 있는 곳으로 떨어져 내려갔다.

'우선 놈에게서 저 친구를 무사히 구한다.'

단 두 번 정도 인사치레에 가까운 대화만 한 게 고작이지만 그래도 뜻을 함께하는 동료이다. 그런 그를 죽게 할 수는 없었다.

굳은 얼굴로 지상을 내려다보며 이델은 거꾸로 떨어져 내려갔다.

수백 미터 상공 위에서 낙하해 오는 이델을 타당카는 아직 알아채지 못하고 있었다.

'간다, 천공섬!'

목표는 타당카의 팔이었다.

이때! 알로만과 싸우던 자가 공중에서 떨어지는 이델을 눈치챘다.

"타당카 위다!"

"어엉?"

타당카는 동료의 말에 무심코 고개를 들었다. 그리곤 경악했다.

서로의 눈이 마주친 상황에서 이델은 조금도 멈칫하지 않았다. 이제와 알았다고 한들 달라질 것은 없었다.

"하아아앗!"

몸을 뒤집으면서 동시에 내지른 일격이 타당카의 양팔을 갈랐다.

"크워어어어!"

비통한 비명과 함께 양 팔을 잃은 타당카는 피를 철철 흘리며 뒷걸음질 쳤다. 한편, 그에게 조르기를 당하던 에셀드는 힘없이 바닥에 떨어졌다.

착지를 한 이델은 여기에서 멈추지 않았다.

'끝을 낸다.'

팔을 잃은 타당카는 그야말로 무방비의 상태였다. 에셸드의 복수를 위해서라도 그냥 살려 보낼 수는 없었다. 하여 최후의 일격을 가하기 위해 이델은 과감히 앞으로 몸을 날렸다.

달려드는 이델을 본 타당카는 살기 위해 발로 대지를 찍었다. 그러자 오러가 파도치듯 전방으로 뻗어나갔다.

'이런 것으로 날 막을 수 있을까 보냐.'

빠르게 접근하는 오러 웨이브를 정면으로 받아내며 이델은 그대로 달려들었다. 그리고 성검을 타당카의 가슴 정중앙에 박아 넣는 데 성공했다.

쓰러진 타당카의 몸에서 성검을 회수하던 이델은 시큰거리는 통증을 느꼈다.

'칫, 아직 회복이 완전치 않아서인가.'

그나마 참을 만한 통증이었기에 내색하지 않고 주위를 둘러봤다.

이제 마족 측 오러 유저는 다섯이었고 아군은 세 명만 남게 되었다. 아직도 균형이 저쪽으로 많이 기운 것을 생각하면 합세해 싸우고 싶었지만 그보다 크게 부상을 입은 에셸드를 안전한 곳으로 옮기는 게 더 급할 것 같았다.

"일단은 그를 피신시키는 게 먼저다."

도움의 손길이 먼저 필요한 게 에셀드였기에 이델은 그를 업고 산 위로 향했다.

한편, 상황을 지켜보던 가바쉬는 분통을 터트렸다.

"고작 몇 놈을 해치우지 못하고 쩔쩔 매다니 한심하기 짝이 없다."

"송, 송구합니다."

"당장 산을 향해 마법 포격을 가하라고 해. 그리고 발 빠른 기병을 보내서 당장 저것들을 정리한다."

가바쉬는 대결의 결과를 기다리지 않고 총공세를 명령했다.

*　　　*　　　*

이델이 무사히 이셀드를 데리고 산 중턱에 위치한 당도할 쯤, 마왕군의 마법 공격이 시작되었다.

"이런 식으로 공격하는 거냐."

순간 이올라가 부탁했던 게 떠올랐다.

그녀의 부재인 상황에서 제대로 방어하지 못한다면 자신의 책임이 된다는 생각이 드니 걱정을 안 할 수가 없었다. 하지만 그 걱정은 괜한 기우에 불과했다.

무수한 섬광이 마법의 장막 밖에서 번쩍였다.

"제1파 완전 소멸, 제2파가 옵니다."

"좋아. 그럼 다음은 내가 맡지."

마법사들은 따로 명령을 기다리지 않고 자체적으로 방어
전을 수행했고 피해 없이 무사히 마왕군의 공세를 막아냈다.

"일단은 적의 공격은 잘 저지했군."

안도의 한숨을 쉬며 원래 있던 곳으로 돌아온 이델은 우선
하프만에게 사과의 말부터 했다.

"말도 듣지 않고 무작정 행동해서 죄송합니다."

"분명 잘못된 행동이었지만 그 덕분에 귀중한 생명 하나를
지킬 수 있었네. 그런 만큼 난 자네를 탓할 마음이 없네."

"앞으로 이런 일이 없게 하겠습니다."

"그러면 됐네. 그럼 이제 이올라를 대신하여 명령을 내려
주게."

"그럼 먼저 전투 중인 이들을 불러들이도록 하세요."

산 아래에서 전투 중인 이올라들을 서둘러 복귀시키는 게
제1순위였다.

곧 신호탄이 발사되고 퇴각 신호를 알리는 깃발이 곳곳에
서 펄럭였다. 곧 이올라와 다른 두 사람은 후퇴를 위해 발을
빼려 했다. 하지만 상대하던 적들은 그들을 호락호락하게 놔
주지 않았다.

안전한 후퇴를 위해 방어에 치중하던 마법사들 중 일부가 적 오러 유저들을 향해 공격 마법을 날렸다.

오러 유저라도 쉴 틈 없이 날아드는 마법을 전부 피하기란 무리였다. 마법을 견디기 위해 버티느라 그들의 발을 자연스럽게 묶였고 그 사이에 이올라들은 안전하게 산 위로 오를 수가 있었다.

"수고했어."

"후, 이델 경……."

"알고 있어. 그에 대한 꾸중은 나중에 들을 테니 지금은 지휘에 전념해 줘."

이델이 먼저 선수 치며 말한 바람에 이올라는 아까 전의 일을 더 말하지 못하고 속으로 삼켜야 했다.

이올라는 할 수 없다는 듯이 몸을 돌리고 병사들을 바라보았다. 조금 전까지 격렬한 전투를 치러 지쳐 있을 텐데도 그녀는 조금도 그런 내색을 드러내지 않고 힘 있는 목소리로 병사들에게 명령을 하달했다.

"각 부대는 방어 위치로 이동하고 대기합니다. 신의 축복이 있기를."

"싸우자!"

"우오오오!"

기세를 올리며 저항군 병사들은 전투를 준비했다.

첫 번째 교전에서 생각지도 못한 술책이 당해 막대한 피해를 입은 마왕군은 첫 번째보다 신중하게 산 위를 올랐다. 이런 그들을 향해 무수한 화살이 날아들었다.

하지만 피해를 각오하고 올라오는 적을 전부 막아낼 수는 없었다.

"드디어 다 왔다."

마침내 첫 방어선에 당도한 마족들은 무기를 치켜들었다. 그런데 그들을 맞이한 건 저항군 병사들이 아닌 스켈라톤 병사들이었다.

로스틴이 부리는 언데드들은 자신의 몸은 아랑곳하지 않고 산비탈을 올라온 마족 병사들을 무차별적으로 공격했다. 심지어 어떤 것들은 자신을 공격하는 마족 병사를 붙잡고 산비탈을 구르기도 했다.

"에이잇! 이런 수수깡 같은 뼈 따위로 우리를 막을 수 있을 것 같으냐."

"이런 놈들은 머리만 부수면 된다."

이런 언데드를 상대해 본 경험이 있는 마족들이 앞장서면서 1만에 달하는 언데드 군단이 조금씩 무너지기 시작했다.

—익스플로젼.

언데드를 이끄는 로스틴이 마법을 펼치자 한쪽에서 커다란 폭발이 일어났다.

"마법사?"

"죽어라!"

로스틴을 발견한 마족들은 일제히 그를 공격했다.

—그런 것으로 날 멸할 수 없다.

무수한 무기에 몸을 관통당한 상태에서 로스틴은 전격의 마법을 펼쳤다.

이 마법에 주변에 있던 수십의 적이 전멸하였다.

"밀어붙여! 숫자로 밀어붙이란 말이다! 다카쉬, 부하들을 이끌고 가서 도망치는 놈들이 있으면 모조리 목을 쳐라. 알겠느냐."

"예, 명령 받들겠습니다."

가바쉬의 충복이자 호위 부대 대장인 다카쉬라는 오크는 명령을 받들고 전선으로 향했다. 그리고 실제 산 아래로 도망치는 병사의 목을 베는 일을 행했다.

이러한 독전에 병사들은 죽기 살기로 산 위로 진격할 수밖에 없었다.

"잔악한 놈들."

"1차 방어선을 뚫고 올라옵니다."

"절대로 이 이상 뚫려서는 안 됩니다. 모두 사력을 다해주세요."

"예!"

이후 전투는 치열한 고지전이 되었다.

산 위의 존재를 멸하기 위해 날아드는 마법과 그것을 막는 마법이 굉음을 울리는 가운데 양군은 치열하게 격돌했다.

지형 상의 유리함을 이용해 미리 갖춰둔 방어선에 따라 굳건하게 방어가 이뤄졌기에 처음에는 마왕군의 피해가 컸다. 하지만 뒤로 후퇴할 수 없는 절박함과 숫자상의 우세를 가지고 그들 중 일부는 방어선을 뚫고 난전을 유도했다.

시간이 흐르자 지휘부가 있는 곳까지 적들이 밀려왔다.

"라이트닝 볼트!"

이델은 자신을 향해 날아오는 가고일을 격추시키고 이어 달려온 오크의 목을 단숨에 베었다. 그의 옆에서는 하프만이 떼로 올라오는 적들을 홀로 막아서고 있었다.

이런 혼전 가운데서도 이올라는 쉬지 않고 각 방어선의 지휘관들과 정보를 주고받으며 지휘를 펼쳤다. 그녀의 활약 덕에 각 부대 간의 연계가 무너지지 않았다.

"이런!"

마법 병단이 있는 방향으로 수십에 가까운 적들이 접근하는 게 보였다.

곧바로 그쪽으로 몸을 날린 이델은 주변의 적부터 해서 적들을 검으로 섬멸했다.

"고마워."

"아닙니다."

마법진 위에서 감사를 표하는 로위나에게 짧게 말하고 이델은 재차 몰려오는 적들을 상대했다.

이렇게 이델을 비롯한 저항군 모두가 최선을 다해 싸워 나갔다. 그렇지만 누적되는 피해가 점점 커지고 조금씩 올라오는 마왕군을 피해 점점 산 위로 물러나게 되었다.

어느 한쪽도 쉽게 물러나지 않는 싸움은 끊임없이 계속되었다.

"끝이 없군."

"이미 후퇴 명령은 내렸습니다. 이델 경이 후퇴 병력을 통솔해 주세요."

"그럴 수야 없지."

이델은 이올라와 등을 맞댄 상태에서 말했다.

이미 근처에서 싸우던 동료들은 계속해서 오는 적들 때문에 쓰러지거나 멀리 떨어져 버렸다. 그 덕분에 두 사람은 고립되어 적들에게 포위된 상태였다.

사방에서 연달아 공격해 오는 적들을 베고 또 베며 두 사람은 계속해 서로의 등을 지켰다.

"자, 와라. 나 용사 이델이 상대해 주마!"

"용사?"

"저자가 용사라고."

마족 병사들은 용사라는 말이 주춤거렸다.

이미 마족 사이에 용사에 대한 정보가 많이 퍼진 까닭에 그 존재에 대한 막연한 두려움을 가지고 있었던 것이다.

하지만 그 공포보다 가라쉬의 공포가 더 컸는지 마족 병사들은 다시금 공격을 하였다.

"하앗!"

이델의 검에 또다시 피가 뿌려졌다. 반대편에서도 마찬가지의 상황이 벌어졌다.

수백이 넘는 숫자가 이델과 이올라에게 꼼짝없이 발이 묶여 있는 사이, 후퇴하는 저항군을 보고 이번에야말로 승리를 확신하며 다카쉬의 호위를 받아 전장까지 나온 가라쉬가 두 사람이 있는 곳에 도착했다.

"크하핫! 내 동생을 죽인 인간을 여기서 다시 만나게 될 줄이야."

"뭐라고 하는 거지, 저 녀석."

지친 표정이 확연한 상태에서 이델은 자신을 보고 광소를 내지르는 가바쉬를 보며 황당해했다. 그는 가바쉬가 마왕군의 군단장이라는 것을 전혀 알아보지 못하고 있었다.

하지만 가바쉬는 이델이 자신의 동생을 죽이고 자신을 농락한 존재라는 것을 확실히 얼고 있었다.

"타카쉬! 놈의 머리를 내게 가져와라."

"예, 군단장님."

단번에 대답한 타카쉬는 부하들을 이끌고 이델과 이올라가 있는 곳으로 다가왔다. 보통 때라면 가볍게 상대했겠지만 이미 계속된 전투로 지친 상태인 지금은 일류급 전사들인 저들을 상대하는 게 그리 쉽지는 않았다.

다가오는 타카쉬와 그 부하들을 보며 이델은 쓴 미소를 지었다.

"여기를 빠져나가려면 좀 더 걸리겠군."

각오를 다지며 이델은 싸울 준비는 했다. 등을 맞댄 이올라도 반대편 적들을 보았다.

후우우욱!

돌연 돌풍이 불더니 그림자가 주변에 나타났다. 그런데 그 그림자는 금방 사라졌다. 하지만 다시금 다른 그림자가 나타나 머리 위를 가렸다.

이델은 고개를 들어 위를 보았다. 위를 올려다 본 그는 실소를 터트렸다.

"하하."

그림자의 정체는 바로 드래곤이었다.

이델에게 익숙한 에일라이드를 필두로 십여 마리의 드래곤들이 하늘을 활공하며 그 존재감을 드러냈다. 등장 하나만으로 드래곤들은 이곳에 있는 모두를 압도하기 충분했다.

＊　　　＊　　　＊

"쿠오오오오!"

포효가 쩌렁쩌렁하게 울려 퍼진다.

드래곤이라는 존재를 생전 처음 본 마족들과 저항군 병사들은 놀라 하늘에서 시선을 떼지 못했다.

"설마…저건 드래곤?"

가바쉬는 자신의 눈을 의심하며 드래곤들을 보았다.

이미 세상에서 모습을 감춘 지 오래인 드래곤이 한두 마리도 아니고 떼로 나타날 것이라고 생각도 못했을 테니 당연한 반응이었다.

드래곤들은 전투가 벌어지는 산을 지나쳐 마왕군이 본래 진을 쳤던 곳으로 향했다.

그곳에는 마왕군의 마법사들이 있었다.

"쿠오오오!"

선두에 선 드래곤이 포효하자 드래곤들이 일렬로 날기 시작했다. 그들은 곧 입을 크게 벌리며 종족이 자랑하는 장기인 브레스를 지상을 향해 뿌려댔다.

화염과 강산, 냉기 등등 갖가지 속성을 지닌 브레스가 쏟아지자 마족 마법사들은 다급히 방어 주문을 펼쳤다. 하지만 대

마법사 수준에 오르지 못한 마법사들이 펼친 방어막은 어김없이 파괴되어 버렸다.

　순식간에 일대가 황폐화되고 수천에 달하는 마족이 몰살당했다. 이 와중에 자신의 몸을 지킨 대마법사 반열에 오른 마족 마법사들은 마법 장벽 안에서 겨우 목숨을 부지했다.

　"크으윽, 어떻게 드래곤이……."

　"이런 놈들이 또 온다."

　드래곤들이 방향을 바꿔 선회를 하자 살아남은 마법사들은 다급히 공격 마법을 완성시켰다.

　과연 대마법사라는 칭호 받을 정도의 마법사라 그런지 고위급 마법을 금방 완성시켰다.

　"죽어랏!"

　마족 마법사들이 펼친 마법이 드래곤들 사이에서 작렬했다. 그러나 연기를 가르며 드래곤들은 조금도 다치지 않고 모습을 다시 드러냈다.

　그 모습에 마법사들은 충격을 받았다.

　─감히 훔쳐 배운 마법으로 우리를 공격하다니.

　─저 어리석은 것들에게 진짜 마법을 보여줘야겠군.

　지금 시대에서는 거의 전승되어지지 않는 이야기다.

　이델이 본래 살았던 시대보다도 훨씬 과거, 각 종족들이 신들에게 창조된 지 얼마 안 된 시기에 마법이라는 만들어졌다.

그 마법을 만든 건 바로 드래곤이었다.

다른 종족보다 월등한 능력을 가진 드래곤들은 그들에게 주어진 숙명 때문에 강력한 힘을 받을 수 있었다. 하지만 그 힘만으로 만족하지 않고 새로운 힘을 원한 한 드래곤이 있었고 그가 바로 마법의 창시자가 되었다.

곧 마법은 다른 드래곤들도 쓸 수 있게 되었다. 그리고 이 마법을 통해 제한적이긴 하나 다른 종족의 속에 섞여 유희라는 놀이를 할 수 있게 된 드래곤들에 의해 다른 종족에게로도 마법이 전파되었던 것이다.

이런 사실도 모르고 드래곤들 앞에서 겁 없이 마법을 쓴 마족 마법사들은 자신들이 펼친 마법보다도 훨씬 수준 높은 마법에 시체도 남기지 못하고 사라져 버리고 말았다.

—이제 저것들을 정리할 차례군.

—지저분한 것들 같으리라고. 바로 끝내 버리자.

—오!

드래곤들의 다음 목표는 산에 바글바글 몰려 있는 마왕군이었다.

아직 브레스를 더 뿜을 수 있었던 그들은 비행하면서 다시금 브레스를 뿜어냈다. 그리고 난 다음 넘쳐나는 마력을 바탕으로 무수한 마법을 난사했다.

불과 10여 분 만에 마왕군은 궤멸 상태에 빠지고 말았다.

"이런 바보 같은……."

가바쉬는 바로 아래까지 진격해 있던 자신의 군대가 흔적도 없이 날아간 것을 보고 망연자실한 태도를 보였다.

하기야 지금 벌어진 일을 두 눈으로 봤으니 저런 반응을 보이는 것도 이상한 일은 아니었다.

"어딜 한눈팔고 있지."

"헉!"

이델은 자신에게서 시선을 돌리고 있던 타카쉬와 그 부하들을 향해 준비한 마법을 펼쳤다.

무수한 섬광들이 사방으로 떨어지면서 연쇄적으로 폭발이 일어났다. 안 그래도 드래곤의 출현이 혼란에 빠졌던 마족 병사들은 갑작스런 상황에 더 큰 혼란에 빠지고 말았다.

"지금이야."

"네!"

마법으로 주변을 포위했던 적들을 무너뜨린 이델은 이올라에게 뒤를 맡기고 앞으로 달려가 아직 서 있는 적들을 연달아 쓰러뜨렸다.

이델의 목표는 가바쉬였다. 그런데 타카쉬가 앞을 가로막아 섰다.

"이 이상 못 간……."

"미안하지만 지나간다."

아주 간단히 타카쉬의 상체를 베고 지나간 이델은 가바쉬가 있는 곳까지 당도했다.

"네, 네놈."

"나한테 원한이 있는 것 같은데 안 됐지만 내가 이긴 것 같군."

"으, 으으."

이델의 말에 가바쉬는 몸을 부들부들 떨었다. 그러더니 허리에서 광채가 나는 브로드 소드를 뽑아 들었다.

검을 들고 자세를 취하는데 그 기세가 사뭇 대단했다.

'썩어도 준치라더니. 그래도 명색이 마왕 직속의 군단장이라 이거군.'

오러 유저는 못 되었지만 초일류의 무인임이 분명한 상대의 결의를 본 이델은 오러를 거두고 준비 자세를 취했다.

그 모습을 본 가바쉬는 고함과 함께 달려왔다.

머리 위로 브로드 소드를 치켜들며 달려온 가바쉬를 스쳐 지나가며 이델은 성검으로 그를 베었다.

"분… 분하다."

동생의 복수보다는 자신이 이렇게 죽어야 한다는 사실에 분해하며 가바쉬는 최후를 맞았다.

"휴, 끝났군."

"그러네요."

벌써 맡았던 적을 다 처리했는지 옆으로 다가온 이올라가 말을 받아주었다.

이미 산 아래는 죽음의 세상이 되어 있었다.

드래곤들이 마음먹고 힘을 쓰니 수만의 대군도 아무짝에도 소용이 없었다.

9만에 이르던 마왕군은 거의 전멸 당하고 말았다. 살아서 도망친 자들이 있지만 그건 극히 일부에 불과했다.

ㅡ다들 무사해?

"에일라이드 님."

이델은 자신의 앞에 천천히 내려오는 황금빛 드래곤을 올려보았다.

잠시 뒤, 빛과 함께 에일라이드는 인간의 모습으로 땅에 섰다.

이델은 먼저 이것을 묻지 않을 수 없었다.

"대체 어떻게 된 일입니까. 이야기도 없이 불쑥 이곳에 나타나다니요."

"헤헷. 그게 그 군터라는 인간이 이쪽은 이제 다 되었으니 이쪽의 싸움을 좀 도와주라고 하지 뭐야. 마침 구경만 하기도 따분하고 해서 이렇게 직접 날아온 거야."

"하아?"

군터가 도움을 주기 위해 이들을 이쪽으로 보낸 것을 알 것 같다. 하지만 단지 심심해서 왔다니. 참으로 기가 막힌 이유가 아닐 수 없었다.

"그나저나 이것들 생각보다 별거 아니네. 난 마족들이 되게 무서운 종족이라 알고 있었는데 말이야."

"하, 하하."

계속 이어진 에일라이드의 말에 이델은 황당함을 감추지 못했다.

이올라는 이런 이델을 보며 말했다.

"우선 흩어진 병력을 모아야 할 것 같아요."

"아참! 그것을 잊고 있었네."

지금 넋 놓고 한가한 이야기나 할 때가 아니라는 것을 이델도 뒤늦게 눈치챘다.

마왕군에게 밀려 결국 후퇴를 하게 되었던 병사들을 수습하려면 꽤 시간과 노력이 필요한 상황이었다. 때문에 이델은 이올라를 도와 그 일을 하려고 했다.

휘이이잉!

"이건?"

이델은 갑자기 불어오는 바람에서 낯익은 기운을 느꼈다.

순간 이델은 몸을 반대로 돌리며 하늘을 올려다보았다.

"방금까지만 해도 날씨가 개었는데 왜 갑자기……."

옆에서 이올라의 목소리가 들렸지만 이델은 그 목소리에

집중하지 못했다.

검은 먹구름이 급속도로 모이더니 하늘에서 번개가 치기 시작했다. 이에 하늘을 날던 드래곤들은 급히 지상으로 하강하였다.

잠시 뒤, 하늘에서 검은 형체가 나타났다.

"설마……."

이델은 그 형체에서 느껴지는 기운이 마기라는 것을 느낄 수 있었다. 형체는 곧 인간 크기로 줄어들었다. 하지만 그 모습은 그림자처럼 검었다.

─그대들의 싸움 잘 지켜봤다.

형체에게서 의념이 전해져 왔다. 이 소리는 이 일대에 있는 모두에게 똑같이 전해졌다.

이델은 이 목소리의 주인이 누군지 잘 알고 있었다.

"마왕 제노스, 그대인가."

"이델……."

항상 붙이던 '경'이라는 단어로 빼고 이올라는 긴장된 목소리로 이델의 이름을 불렀다. 그런 그녀에게 이델은 안심하라는 듯 밝게 미소를 한 번 보여준 뒤 다시 검은 형체에게로 눈을 돌렸다.

─아, 내 소개를 먼저 해야겠지. 아마 짐작한 사람들은 이미 알고 있겠지만 내 이름은 제노스. 그대들이 마왕이라 부르

는 자다.

"마왕이라고?"

"이럴 수가."

말로만 듣던 마왕이 모습을 드러냈다는 사실에 일반 병사들은 엄청난 충격을 받았다.

하지만 이델을 비롯한 식견 있는 자들은 저 형체의 정체가 뭔지 이미 간파하고 있었다.

'저건 마기의 집합체다. 아마도 저것을 매개체 의식만 옮겨 말을 하는 것이겠지.'

생각해 보면 이 세상 모든 곳에 제노스의 마기가 공기처럼 퍼져 있다.

마기는 곧 마왕에게 몸의 일부와도 같다.

그런 만큼 마기를 통해 이곳의 일뿐만 아니라 모든 것을 똑똑하게 지켜봤을 가능성이 컸다.

—이 전투로 너희의 힘을 마지막으로 지켜보려 했는데 설마 드래곤들이 나타나 모든 것을 정리할 줄 생각도 못했다.

그 말에 에일라이드는 드래곤답지 겁을 잔뜩 집어먹으며 잽싸게 이델의 뒤에 몸을 숨겼다.

그 모습에 잠시 한숨을 쉰 이델은 제노스를 향해 말했다.

"그럼 여태까지 우리를 시험한 것이었나, 제노스."

—오, 오랜만이야.

"우리 사이에 친한 인사가 적합할까."

―생각 외로 까칠한 면이 있군. 우리 두 사람은 아주 질긴 운명의 사슬과 연결된 사이 아닌가.

"지독하게 끈질기게 따라붙는 운명이지."

마왕과 용사 사이의 운명을 두고 이델은 툴툴대듯 말하였다.

시간을 뛰어넘어서까지도 인생을 속박하는 그 운명에 대해 이델은 별로 좋게 받아들이지 않았다.

―이 이야기는 차후에 다시 하도록 하지. 아무튼 그대들이 나와 대적하기 충분한 힘을 가졌다고 판단한 바, 다음에는 내가 직접 그대들을 상대해 주지.

"바라던 바다."

마왕의 선전포고에 이델은 힘주어 대답했다.

드디어 마왕이 움직인다. 그것은 곧 마지막 대결이 이제 눈앞에 닥쳤음을 의미했다.

5장

여 명 의 시 작

마왕 제노스는 선전포고 후 총 30만에 이르는 군대를 이끌고 친히 다르나로스를 출발했다.

이들의 행보는 곧바로 문델 교단을 통해 저항군에게 알려졌다.

―어떤 수단을 썼는지 모르겠지만 우리 예측보다 훨씬 빠른 이동 속도로 자네들이 있는 곳으로 향하고 있네. 그러니어서 서둘러 오게.

"알겠습니다."

전투를 끝낸 지 얼마 되지 않아 뒷수습이 필요한 시점이었지만 마왕이 이끄는 군대의 진격은 생각보다도 빨랐다.

전투로 인해 1만이 넘는 사상자가 나왔기에 시급히 우선 부상자부터 안전한 곳으로 피신시켜야 했다.

"여기선 마왕을 유인할 부대와 부상자들을 보호하며 시온으로 후퇴할 호위 부대로 부대를 나누는 게 최선이야."

"부대를 나눈다면 제 생각엔 유인 부대는 기동력 뛰어나야 하고 또 정예여야 한다고 생각해요."

다수의 찬성 속에 부대는 둘로 나눠지게 되었다.

마왕군을 목표 지점까지 유인할 부대는 이델을 필두로 3천 정도의 병력으로 편성되었다.

나머지 병력을 먼저 안전한 곳까지 갈 수 있도록 이들은 꼬박 이틀을 한곳에서 대기했다.

그러던 중, 급박한 소식이 전해졌다.

"척후의 보고에 따르면 이미 마왕군은 팔테르에 진입했다고 합니다."

"아니, 어떻게?"

"믿을 수가 없군."

상식적으로는 받아들일 수 없는 불가능한 일이었다.

30만이라는 대군이 겨우 며칠 만에 수백km를 이동할 수 있을 수가 없는 일이었다.

"서둘러 이동합니다."

이올라의 명령에 부대는 바로 떠날 채비를 했다. 그런데 여기서 문제가 발생했다.

"흥! 고작 버러지들이 무서워 도망치듯 떠나다니. 우리를 무엇으로 보는 거냐."

"이봐! 케스타르곤이라 했나. 쓸데없는 만용 그만 부리고 이쪽의 지시에 따라."

"감히 인간 따위가 내게 명령하는 거냐."

약 1,100살 정도 된 블루 일족의 드래곤 케스타르곤은 이델과 말다툼을 벌였다.

이를 지켜본 에일라이드와 이올라가 황급히 중재에 나섰다.

"우리는 저들과 협력하기로 한 사이예요. 그러니 지금은 저들의 명령에 따라야 해요."

"위대한 분이시여, 나쁜 뜻으로 말씀드린 게 결코 아니니 부디 너그럽게 이해를 해주시길."

이런 두 사람의 말에도 케스타르곤은 아랑곳하지 않았다.

"그깟 마왕 따위에게 겁먹다니. 넌 드래곤으로서의 자긍심도 없는 것이냐, 에일라이드."

"그, 그건……"

에일라이드는 자신을 향해 비판에 잔뜩 겁먹은 표정을 지었다.

이를 본 이델은 발끈하며 나섰다.

"지상 최강이라고 생각하나 본데. 큰 착각하지 마. 너 정도로는 마왕은 고사하고 나를 이기지도 못해."

"뭣이라고."

케스타르곤은 양손에 전격을 모았다.

당장이라도 싸울 기세인 둘을 보며 이올라는 그녀답지 않게 화를 내었다.

"둘 다 그만두세요."

"알겠어."

이델은 자신이 너무 흥분한 사실을 깨닫고 한 발 뒤로 물러났다. 하지만 케스타르곤은 흥분을 가라앉히지 못하고 결국 잘못된 판단을 내리고 말았다.

"너희가 얼마나 어리석었는지 똑똑히 알게 해주마."

말과 동시에 케스타르곤은 변신을 풀고 드래곤의 모습으로 돌아와 하늘로 날아올랐다.

그걸 본 이델은 주먹을 세게 움켜쥐었다.

"저… 바보가."

"내가 가서 데려올게."

에일라이드가 나서서 케스타르곤을 쫓아가려 했다. 그런데 그녀를 이올라가 가로막아 섰다.

자신을 막은 이올라를 향해 에일라이드는 말했다.

"왜 막는 건데. 어서 비켜."

"지금 뒤를 쫓아가는 건 위험합니다."

"그럼 그냥 저대로 보내자는 거야?"

"어쩔 수 없습니다."

이올라는 단호하게 말했다.

지금 여기서 에일라이드가 케스타르곤을 쫓아간다면 함께 위험해질 뿐이고 그러다 만약 에일라이드의 신변에 무슨 문제라도 생기면 기껏 겨우 맺은 드래곤 종족과의 동맹이 깨져버릴 수도 있기에 지금 앞을 막은 것이었다.

그것은 곧 케스타르곤을 포기한다는 의미이기도 했다.

"내버려 둬. 녀석은 이미 성룡이다. 아무리 로드라 해도 일족 개개인의 행동을 간섭할 수 있는 권한은 없다."

"말로이다 님."

백색의 머리를 가진 미청년은 에일라이드를 만류했다.

다른 드래곤들도 케스타르곤을 따라가 막을 생각을 하지 않는 듯했다.

이올라는 이미 눈에 들어오지 않게 된 케스타르곤이 날아간 방향을 한 번 보고는 말에 올라탔다.

"출발합니다."

저항군은 그렇게 마왕이 이끄는 마왕군을 피해 이동을 시작했다.

         *   *   *

30만이나 되는 마왕군이 거리를 무시하고 단번에 저항군이 한때 점령했던 팔테르까지 올 수 있었던 것은 마왕 제노스의 권능 덕분이었다.

"사라져라."

제노스의 말 한마디에 보통 성의 성문보다 수십 배는 큰 직사각형 형태의 검은 문이 점차 사라져 갔다.

평소와 다르게 전신을 가리는 칠흑의 갑주를 입은 제노스는 몸을 돌려 걸음을 옮겼다. 그런 그의 좌우로 어둠의 수호자를 허리를 숙여 예를 표시했다.

"폐하."

"아아, 다들 편히 앉아."

각 군단의 군단장들과 다섯 개 전투 조직의 수장들이 모두 제노스에게 허리를 굽혔다 몸을 바로 일으켰다.

제노스는 미리 준비된 호화스런 의자에 앉았다.

"그래, 이동하는 데 애로사항 있었나."

"없었습니다. 덕분에 이렇게 빨리 도착할 수 있었습니다, 폐하."

"후훗, 그렇군."

시온 침공 때 죽은 진홍의 기사단의 단장 크노로스의 뒤를 이어 단장이 된 자의 말에 제노스는 입가에 미소를 걸었다.

"폐하. 아직 놈들은 이곳에서 멀지 않은 곳에 있습니다. 굳이 폐하께서 귀한 손을 더럽히지 않게 저 탈레움이 놈들을 쓸어버리겠습니다."

쌍검을 등에 찬 흑익의 날개 전사단의 단장 가고일 탈레움의 말이 끝나기 무섭게 다른 장수가 손을 들며 말했다.

"아닙니다. 저와 4군단이 나서서 놈들을 말살시키겠습니다."

"이 몸이야말로 놈들을 쓸어버릴 수 있는 적임자다."

너 나 할 것 없이 제노스에게 잘 보이기 위해 두 손 두 발 다 걷어붙이고 자신과 자신이 이끄는 부대를 보내달라고 청원했다.

이 모습에 키마이라 마법 전투단의 단장 라스타는 드러나지 않게 비웃음을 흘렸다.

이때, 제노스는 조용히 손을 들어 보였다. 순간 장내는 정적이 흘렀다.

"나에 대한 너희의 충정을 잘 알겠다. 하지만 내가 공언한 바를 지키기 위해서 이곳까지 왔다. 그러니 일단은 놈을 놔두도록 해라."

"그러면 놈들을 계속 놓아주자는 말씀이십니까?"

"저들은 나를 피해 지금 달아나고 있다. 아마도 그들이 원하는 곳에서 승부를 가리고 싶은 모양인데 난 그들의 뜻대로 해줄 생각이다."

"예?"

제노스의 말에 몇몇을 뺀 나머지는 크게 당황해했다.

쿵.

갑자기 밖에서 심상치 않은 소리가 들려왔다.

이 순간 자리에 있던 이들 중 감각이 뛰어난 자들은 지금 밖에 범상치 않은 기운을 가진 존재가 나타났음을 느낄 수 있었다.

"호오."

유일하게 조금도 흔들림을 보이지 않은 제노스는 상대의 정체를 바로 알아채고 흥미를 보였다.

―나와라, 마왕!

의념으로 전해지는 목소리는 모두에게 전달되어졌다.

―나와 승부를 겨뤄보자!

"대체 어떤……."

"나가봅시다."

밖으로 나온 이들은 성벽 위에 앉은 푸른 비늘을 가진 드래곤을 발견하였다.

케스타르곤이 앉은 성벽을 중심으로 이미 많은 병사가 전투 태세를 갖추고 있었다. 그들 사이에서 오러를 발산하는 오러 유저들도 심심찮게 볼 수 있었다. 그리고 외곽에서는 10명도 넘는 대마법사가 1,000에 달하는 마법사와 함께 마법을 준비했다.

제아무리 드래곤이라 해도 바로 사냥할 수 있는 전력이었다.

—겁이라도 나는 것이냐, 마왕!

절대적으로 불리한 상황에서도 케스타르곤은 두려움도 못 느끼는지 계속해 마왕 제노스를 찾았다.

상대의 정체를 안 각 군단장들과 단장들은 황당해했다.

"이번에 드래곤들이 개입했다는 이야기는 들었지만 설마 이렇게 무모한 짓을 할 줄이야."

"쯧! 아직도 정신을 못 차렸군. 자기가 잘난 줄만 아는 드래곤들은 제일 꼴 보기 싫다."

케스타르곤을 보고도 이들은 전혀 떨지 않았다.

오히려 드래곤과의 전투를 기대하는 자들이 태반이었다.

"흠, 블루 드래곤인가. 참으로 오랜만에 보는군."

"폐하."

폐하라는 말을 마족들이 하는 것을 케스타르곤은 들었다. 검은 갑주를 입은 제노스를 눈으로 확인한 그는 바로 접었던 날개를 폈다.

─널 없애 버리겠다.

"쿠오오오!"

의념과 드래곤 피어를 함께 발산한 케스타르곤은 곧장 성벽을 박차고 하늘로 날아올랐다. 그리고 단숨에 브레스를 뿜었다.

그 모습을 본 한 명의 단장이 몸을 띄웠다.

"다크니스 스크림."

흑청색 오러가 소용돌이 형태로 모여들더니 전격의 브레스를 가로막았다.

이 공격을 막은 건 칠흑의 기사단에서 단장 역할을 맡고 있는 마시드라는 자였다.

"여, 수고했어."

"……."

오크인 마시드는 제노스의 말에 살짝 고개만 까닥이곤 검을 수납했다.

설마 마왕도 아니고 일개 부하로 보이는 오크에게 자신의 브레스가 막혀 버리자 케스타르곤은 크게 분노했다.

─브레스를 막았어도 이건 못 막을 거다.

케스타르곤의 마력에 의해 만들어진 무수한 뇌격 다발이 제노스와 장수들이 있는 곳으로 떨어졌다.

쾅! 콰앙!

뇌격이 떨어진 건물이 크게 부서지며 붕괴하였다.

─해치웠나?

케스타르곤은 조심스레 추측을 해보았다. 하지만 그의 기대는 멋지게 빗나가 버리고 말았다.

제노스를 비롯해 그 주변에 있던 이들 모두 털끝 하나 다치지 않고 멀쩡하게 있었던 것이다.

─이럴 수가.

이번에도 아무런 성과를 얻지 못하자 케스타르곤은 조급해졌다. 브레스도 마법도 안 통한다면 자신의 강건한 육체로 저것들을 없애야겠다고 생각한 그는 곧장 제노스가 있는 방향으로 빠르게 날아오기 시작했다.

그 모습을 본 제노스는 손가락을 가볍게 튕겼다.

그러자 보이지 않던 곳에서 열 개의 그림자가 나타나 날아오는 케스타르곤을 향해 다가갔다.

"간다."

"뒈져라, 덩치만 큰 도마뱀."

각 종족에서도 최고라 손꼽히는 자들이 휘두른 무기엔 저마다 특성이 다른 오러가 담겨 있었다. 그 일격은 충분히 케스타르곤의 몸에 상처를 입히기에 충분했다.

한편, 마법을 쓰는 어둠의 수호자들은 강력한 마법으로 공격했다.

"크워어어어!"

케스타르곤은 비명에 가까운 소리를 내며 지상으로 추락했다.

지상에 떨어진 케스타르곤은 이미 반쯤 전투 불능의 상황에 놓였다.

"놈을 죽여라!"

어둠의 수호자들이 더 이상 나서지 않는 상황에서 주변에 있던 마족 기사, 병사들이 케스타르곤을 포위해 공격을 하였다.

결국 케스타르곤은 제노스에게 닿지도 못하고 죽임을 당하고 말았다.

"짧은 해프닝이었군."

제노스는 이렇게 짧게 말하고는 무참히 난자당하는 케스타르곤에게서 눈을 떼고 자리를 옮겼다.

*   *   *

이텔과 이올라가 속한 저항군 부대는 남쪽으로 직행했다.

이들이 향한 곳은 리자드맨 로드 마잘이 지배하는 영역에서 살짝 떨어진 지역이었다.

그런데 이 지역은 특이하게 산악 지대가 아님에도 불구하고 분지 형태로 되어 있는데 저항군 부대는 바로 이 분지 안으로 들어가는 협곡이 있는 방향으로 전진하고 있었다.

"파이어 볼!"

"파이어 볼!"

공중에서 무수한 화염 구들을 쏟아져 내렸다. 그리고 투창들도 정신없이 날아들었다.

지금까지는 꽤 아슬아슬하게 마왕군을 따돌려 왔지만 목적지를 얼마 안 남긴 상황에서 그만 덜미를 잡혀 버리고 만 것이다.

상대는 마왕군 특수 부대 중 하나인 흑익의 날개 전사단이었다.

전원이 가고일로 구성된 이 부대는 일반적인 가고일 전사들 외에도 오러 유저와 마법사들을 보유하고 있었다.

하늘에서 쏟아지는 무차별 공격에 죽거나 다쳐 낙오하는 자들이 점점 늘어났다.

"쿠어어어!"

하늘에서 공격하는 가고일들을 막기 위해서 용의 모습으로 돌아간 드래곤들과 조인족들이 하늘에서 맞서 싸우고 있지만 적의 수가 워낙 많아 상당한 애를 먹고 있었다.

하늘의 상황을 보며 이델은 어금니를 꽉 깨물었다.

'지금 여기서 응전을 한다면 바로 발이 묶이고 만다. 어떻

게든 협곡을 통과할 때까지 참아야 돼.'

이런 생각은 다른 사람도 다 하고 있었다.

필사적으로 앞으로 이동하는 그들의 뒤로 점차 마왕군의 선봉이 다가오고 있었다.

두두두두.

검은 흑마에 올라탄 검은 갑옷을 입은 기사들이 힘차게 질주한다.

진홍의 기사단과 더불어 양대 기사단 중 하나인 칠흑의 기사단이 선봉이었던 것이다.

이들의 진격은 그야말로 거침이 없었다. 그로 인해 양측의 거리를 점점 좁혀져 갔다.

아직 협곡의 입구에 당도하지 못한 상황에서 이올라에게 전령이 도착했다.

"더스틴 대장의 전갈입니다. 현 시간 부로 더스틴 부대는 뒤에 남아 적의 진격이라도 막아보겠다고 전해달라고 하셨습니다."

"뭐라고요?"

받은 명령도 없이 독단으로 뒤에 남아버린 부대가 생긴 사실에 이올라는 순간 정신적으로 받은 충격을 감추지 못했다. 그런 그녀를 이델은 걱정스럽게 보았다.

약 200여 명으로 구성된 일개 부대가 적을 막아봐야 얼마나 시간을 벌 수 있을지 장담하기 어렵다. 그러함에도 더스틴과 그의 부대원들은 기꺼이 그 얼마 안 되는 시간을 위해 자신들의 목숨을 내바친 것이었다.

이런 그들의 마음을 읽은 이올라는 질끈 눈을 감고 명령을 내렸다.

"협곡으로 갑니다. 시간이 얼마 없습니다."

"그래……."

희생을 선택한 이들을 위해서라도 반드시 목표를 달성해야만 했다.

하늘에서의 공격이 계속 되는 가운데 다시금 협곡까지 진격해갔다. 얼마나 달렸을까. 드디어 폭이 좁은 절벽 사이의 협곡 앞에 도달하게 되었다.

그런데 여기서 비보가 날아들었다.

"칠흑의 기사단이라 추정되는 적이 후위 열을 덮쳤습니다."

"벌써 따라잡힌 건가."

"우선… 협곡 안으로 들어가는 게 우선입니다."

이올라는 적과 맞부딪치는 후위의 병력을 포기하기로 했다.

수백에 달하는 아군을 희생시켜가며 협곡을 통과하니 허허벌판이 나타났다.

사전 조사에 따르면 과거 어떤 마법사가 이 땅에 궁극 마법이라 할 수 있는 운석 낙하 주문을 쓴 뒤로 생긴 흔적이 하는 이 분지는 생명이 살기엔 척박한 땅이었던 것이다.

지형적으로 마지막 작전을 펼치기가 가장 좋은 지형이라 이곳이 골라진 것이었다. 곧 후위에 남겨졌던 부대들을 격파하고 칠흑의 기사단이 먼저 협곡 안으로 들어왔다.

"마왕이 안으로 들어올 때까지 버텨야 하는 싸움인가."

이델은 슬쩍 하늘 위를 올려다보았다.

여전히 하늘에서는 날개 가진 자들이 치열하게 싸우고 있었다.

'이제부터 내가 본격적으로 나설 차례다.'

이델은 진형을 갖추는 병사들을 지나 칠흑의 기사단이 오는 방향으로 나아갔다. 그런 그를 쫓아 이올라와 하프만, 로위나가 함께 움직였다.

"용사님."

"부탁드립니다."

이델이 지날 때마다 병사들에게 그에게 응원을 아끼지 않았다.

이들의 응원은 이델에게 큰 용기를 심어 주었다.

두두두두.

"오는군."

"네."

이델은 굳건히 서서 쉬지 않고 바로 돌격을 해오는 칠흑의 기사단을 노려보았다.

지금 달려오는 저들 중에는 쟁쟁한 실력을 가진 오러 유저들도 다수 있었다. 수나 질에서 모두 명백히 밀린다고 할 수 있는 상황이었다.

'절대적인 전력 차군.'

하지만 진다는 생각은 들지 않았다.

이미 이 정도는 예상하고 시작한 작전이었다.

어떻게든 작전을 성공시키겠다는 각오를 하며 싸울 준비를 하는데 갑자기 칠흑의 기사단이 멈췄다.

"뭐지?"

당장이라도 이쪽을 짓이길 기세이던 이들이 갑자기 말을 멈춘 일은 의아하기만 했다.

그 순간이었다. 허공에서 검은 구멍이 나타나더니 그 안에서 제노스와 어둠의 수호자들이 나타났다.

"안녕들 하신가, 여러분."

"마왕… 제노스."

"후훗."

이델은 눈앞의 상대가 그 수더분한 하프 엘프 청년과 동일 인물이라는 사실을 쉽게 받아들이지 못했다.

그때와 다르게 마왕다운 복장을 한 제노스는 강한 마기를 뿜어내고 있었다.

'저번에 봤을 때보다도 훨씬 강하게 느껴지는 건 내 착각인가. 제길, 생각했던 것보다 훨씬 더 괴물이군.'

가늠할 수 없을 정도로 강함을 가진 제노스를 보며 이델은 바짝 긴장을 했다.

"저자가 용사인가."

"생각보다 약해 보이는데."

자신을 가리키며 말하는 소리에 이델은 제노스에게만 집중되었던 시야를 좀 더 넓혔다.

말을 장본인들은 바로 어둠의 수호자였다.

제노스에 가려 드러나지 않았을 뿐, 그들의 실력이 웬만한 고수임을 이델은 뒤늦게나마 눈치챌 수가 있었다.

'저 남자는 그때 다르나로스에서 접촉했던 남자군.'

클라인은 유일하게 마족이 아닌 고든을 보았다.

고든은 무표정한 얼굴로 이쪽을 보고 있었다.

"그대가 용사였나."

"그러는 댁이야말로 진짜 마왕이었나."

이델은 자신에게 던져진 질문에 대답하지 않고 반격에 가까운 질문을 던졌다.

이에 제노스는 피식 웃었다.

"용사니 마왕이니 그런 게 무슨 소용이 있을까. 이제 정해진 운명 같은 건 존재하지 않는데 말이야."

"운명의 신 카르마를 추방시킨 덕에 그 운명을 빗겨갈 수 있어 좋았겠군."

"후후."

이델의 말에 제노스는 묘하게 웃었다.

작전 개시 전 이델은 어떻게 제노스가 운명을 거스르고 자신의 뒤를 이어 용사가 된 인물을 쓰러뜨렸는지 그것을 조사해 보았다.

그 결과, 한 가지 단서를 얻을 수 있었다.

"300여 년 전에 넌 마왕으로서의 모든 것을 걸고 명운 강탈 의식을 펼쳤다. 그것을 막지 못한 바람에 신들은 추방되고 말았다."

"맞아."

"그리고 정확히 2년 6개월 뒤, 너는 후대 용사인 마기우스를 죽였다."

"그랬던 적이 과거에 있긴 있었지."

아련한 표정을 지으며 제노스는 과거를 추억하는 표정을 보였다.

그 모습을 보며 이델은 목소리를 높였다.

"결국 너는 운명을 극복한 게 아니라 피한 것에 불과하다.

네 말 틀린가?'

이 말은 모두에게 적잖은 충격을 주었다.

제노스는 아무렇지도 않게 대답했다.

"그래, 사실이다. 난 운명을 회피하는 것으로 용사를 죽이고 이 세계를 재탄생시켰다."

"역시 그랬군."

짐작은 역시 틀리지 않았던 모양이다. 이로써 마왕 토벌에 대한 가능성이 더 높아졌다.

이델은 성검을 겨누며 말했다.

"그럼 이번에도 한번 그 운명이라는 것을 회피할 수 있을지 볼까."

"이미 운명이라는 것은 없다네, 용사 이델."

"과연 그럴까. 난 아직 이 세상에 운명의 신 카르마가 뿌려놓은 운명이 제대로 작동하고 있다고 보고 있거든."

"그래서 내게 도전장을 내민 것인가."

"그래."

"흠, 그렇다면 좀 실망이 큰걸. 자네가 날 쓰러뜨리기 위해 마련한 이 전장에서 보여줄 수 있는 그것뿐이라면 내 실망을 클 것이야, 용사 이델."

처음으로 이델을 용사로 인정한 제노스는 검은 마기로 만든 검을 오른손에 쥐었다.

그 모습을 본 이델은 지금 이 자리에 없는 이에게 마음속으로 말을 하였다.

'이제 당신 차례입니다, 군터 총대장.'

*   *   *

"이 싸움은 내 싸움이다. 그러니 너희는 끼어들지 마라."

"네, 폐하."

제노스의 말에 어둠의 수호자들과 칠흑의 기사단은 좀 더 뒤로 물러났다.

이델 역시 눈짓으로 다른 이들을 물렀다.

제일 걱정하며 이올라는 마지막으로 이델의 곁에 비켜섰다.

"그럼 시작하지."

"좋다."

이델은 먼저 선공을 취했다.

콰콰쾅!

마법 준비 과정도 없이 단번에 성검의 기능을 빌려 완성된 빛의 마법이 제노스를 향해 곧장 뻗어나갔다. 그리고 그 지점에서 대폭발을 일으켰다.

그러나 그 폭발은 제노스의 몸 주변에 이미 형성되어 있던 마력 필드를 뚫지 못했다.

'이 정도로는 흠집도 주기 힘들군. 그렇다면!'

이델은 미러 이미지 주문으로 자신의 환상을 만들어내면서 접근전을 시도했다.

그런 움직임을 본 제노스는 손에 든 마기의 검을 가볍게 움직였다. 그렇게 하니 검의 궤적을 따라 검은 참격이 뻗어나갔다.

"이런!"

순식간에 만들어낸 환영들이 베여 사라지는 가운데 진짜 이델도 참격에 베일 뻔했다.

위기일발의 순간에 몸을 피한 이델은 재빨리 공세를 계속 이어보려 했다. 허나 그보다 제노스가 더 빨랐다.

"이것도 받아보지 그래."

툭 던진 말과 함께 무수한 화염 폭발이 클라인의 주변을 휩쓸기 시작했다.

그 폭발 속에서 몸을 날린 이델은 그대로 공중을 날았다.

"오."

"천공섬!"

감탄하는 제노스를 향해 이델은 몸을 날렸다.

강력한 충격파가 사방으로 퍼지고 거대한 먼지 구름이 만들어졌다.

'큭! 베이는 감각이 없어.'

이델은 방금 자신이 내지른 일격이 실패했음을 확신하며 뒤로 몸을 피했다.

이때 검은 광선이 그가 있던 장소를 꿰뚫고 지나갔다.

"겨우 그것뿐인가."

먼지 구름 너머에서 제노스의 목소리가 들려왔다.

약간의 실망을 담은 목소리가 들린 그 방향을 향해 이델은 다시금 마력을 모아 빛의 광선을 날렸다.

바위도 흔적도 없이 사라지게 빛의 광선은 그대로 제노스와 직격했다.

'안 돼.'

이델은 빛의 광선이 제노스의 마력과 마기에 의해 밀려 옆으로 꺾여 버리는 모습을 볼 수 있었다. 그렇게 가볍게 공격을 받아낸 제노스는 마치 공간이동을 하듯 이델의 눈앞에 다가왔다.

"이래서는 전대 용사가 낫겠어. 날 실망시키지 말고 좀 제대로 싸워줬으면 싶은데."

"닥쳐!"

이델은 자신을 농락하는 것 같은 제노스의 태도에 불같이 화를 냈다. 그러면서 앞에 있는 그를 성검으로 베려 했다.

하지만 성검이 가른 것은 아무것도 없는 빈 허공이었다.

"후훗."

어느 틈엔가 멀찍이 떨어진 제노스는 이델처럼 주문 없이 간단하게 마법을 완성시켰다.

그 어떤 것도 태워 버린다고 하는 흑염의 불꽃이 이델을 향해 날아들었다.

'당할 것 같으냐.'

이델은 날아드는 흑염을 향해 빙계 주문을 펼쳤다. 그러나 쉽게 불을 꺼지지 않았다.

"그럼 이건 어때!"

빠르게 뒤로 물러나면서 이번에는 물을 대거 소환해 적을 날리는 주문을 사용했다.

엄청난 양의 물이 들이부어졌지만 흑염은 결코 꺼지지 않고 무서운 기세로 이델에게 달려들었다.

"제길!"

대응책을 썼음에도 막지 못한 흑염이었다.

일단 피하고 보자 식으로 이델은 정신없이 흑염을 피해 다녔다.

"이델 경!"

그것을 보다 못한 이올라가 대검을 들고 두 사람의 전장에 뛰어들려고 했다.

그러나 그런 그녀의 앞을 어둠의 수호자 중 한 명이 가로막아 섰다.

"비켜."

채앵!

상대를 베고자 휘두른 대검이 상대의 검에 막혀 더는 전진하지 못하였다.

어둠의 수호자 중 한 명인 가고일이 그녀를 막아선 것이었다. 이를 기회로 다른 어둠의 수호자들과 칠흑의 기사단도 하프만을 비롯한 저항군 병사들을 공격하기 시작했다.

이올라는 애써 상대의 공격을 막아내며 이델을 도우러 접근하려 했지만 뒤엉켜 싸우는 적과 아군들, 그리고 지금 상대하는 적의 방해로 아무것도 하지 못하였다.

이런 상황 속에서 이델은 다른 쪽에 정신을 쏟지도 못하고 제노스의 맹공을 받아내야만 했다.

겨우 흑염을 다른 곳에서 타게끔 하도록 성공한 상황도 잠시였을 뿐, 이델은 직접적으로 공격해 오는 제노스와 힘겹게 싸워야 했다.

"흡!"

"금방 정체를 들키지 않았다면 너희와 좀 더 여행을 즐기고 싶었다."

"나와 이올라를 속여가면서 말이냐?"

과거의 일에 대한 이야기를 꺼내는 제노스를 향해 분노의 일격을 날린 이델은 뇌공검을 펼쳤다.

그것을 본 제노스는 살짝 만족하는 표정을 지었다.

쾅! 챙!

두 사람은 격렬하게 검을 주고받았다. 그 와중엔 서로를 노린 마법 공격도 펼쳐졌다.

제노스의 힘은 이델과 거의 비슷했다. 그러나 이 힘은 어디까지나 제노스가 순수하게 가지는 마력이었다.

일부러 아직까지 마기를 드러내고 쓰지 않아준 덕에 지금까지는 비등하게 싸울 수가 있었다.

투캉!

격한 충돌과 함께 이델은 뒤로 두세 걸음 물러났다.

'아직 멀었나.'

이델은 지금 때를 기다리고 있었다.

어서 이곳에 신성 결계를 쳐야만 비로소 제대로 싸울 수가 있다. 그런 만큼 1분 1초라도 빨리 군터가 움직여 주기를 이델은 간절히 기도했다.

"다크니스 스피어."

무수한 검은 창이 이델을 노리고 쇄도했다.

이를 안 이델은 급히 1차적으로 마법 장벽을 펼쳤다. 그러나 제노스의 마력이 이델보다 강했기에 마법 장벽이 버틴 시간은 겨우 몇 초에 불과했다.

이델은 급히 오러를 온몸을 끌어 올리면서 방어를 했다.

"쿨럭!"

막기는 다 막았지만 데미지가 몸에 쌓이고 말았다.

―이노오옴, 마왕!

이 상황에서 갑자기 로스틴이 둘 사이의 싸움에 난입하였다.

과거 시대 때 마왕에게 쓰디쓴 패배를 맞고 죽국을 잃어버린 로스틴은 다른 누구보다도 마왕에 대한 분노와 증오심을 강하게 드러냈다.

―받아랏!

로스틴은 제노스에게 각종 저주 주문과 공격 주문들을 연속적으로 날렸다.

하지만 제노스는 마법 하나로 모든 것을 막아냈다.

"죽은 자? 이거 놀랍군."

―우어어어어!

잠시 이성을 잃은 로스틴은 남은 언데드들을 소환하고 제노스를 집중적으로 공격했다. 그러나 달려든 언데드들은 제노스가 발한 마기에 의해 흔적도 없이 소멸하였다.

―마왕!

"방해되는군."

제노스는 손가락 하나로 로스틴을 가리켰다.

그것을 본 이델은 급히 그 행동을 막으려 했다. 하지만 제노스가 한발 빨랐다.

"죽은 자면 죽은 자답게 사라져라."

손가락 끝에서 검은 광선이 내뿜어졌다. 그것은 눈 깜짝할 사이에 로스틴의 가슴 정중앙을 관통했다.

제노스가 노린 건 바로 로스틴의 생명력이 담긴 라이프 베슬이었다.

대마법사의 마력으로 단단히 보호받던 라이프 베슬은 어이없게도 단 한 번에 깨져 버리고 말았다.

─분… 분하다.

"로스틴 님!"

라이프 베슬을 잃은 로스틴은 먼지가 되어 사라져 버렸다.

"제노스!"

"왜 그렇게 흥분하지."

"닥쳐!"

이델은 로스틴을 잃었다는 사실에 분노하며 검격을 연신 날렸다. 하지만 마기로 만들어진 보호막은 오러조차 깨트리지 못했다.

─물러나게.

로스틴의 의념과는 다른 의념이 전달되었다.

이델은 상대의 정체를 몰랐다. 하지만 같은 편임을 바로 알 수 있었다.

잠시 뒤, 하늘 저편에서 두 마리의 거대한 드래곤이 모습을 드러냈다.

"쿠오오오!"

브로디우스와 갈라테스가 동시에 마왕을 공격했다.

두 마리의 드래곤이 완성한 다중의 마법들은 마왕을 중심으로 발휘되었다.

"우와앗!"

그 마법에 휘말릴 뻔한 이델은 허겁지겁 뒤로 물러나야만 했다.

―죽어랏!

―조심해, 갈라테스. 아직 놈의 마기가…….

말을 하던 브로디우스는 갑자기 놀라 긴 목을 움직여 자신의 뒤를 보았다.

그곳엔 제노스가 있었다.

"용사와의 싸움을 하는 게 방해하면 쓰나."

―이노옴!

브로디우스는 망설임도 없이 입을 벌려 제노스를 물어버리려 했다. 그러나 그보다 먼저 제노스의 공격이 그를 덮쳤다.

"크워어어!"

미리 펼쳐둔 방어 주문은 물론 드래곤 스케일의 항마력도 무시하며 흑뢰가 브로디우스에게 큰 타격을 주었다.

비행을 유지할 수 없게 된 브로디우스는 좀 떨어진 지상으로 추락해 갔다.

—감히!

"자, 너도 떨어져라."

제노스는 어린아이 상대하듯 갈라테스를 대하며 손에 쥔 암흑의 검을 성채도 가를 정도로 늘려 직접 공격했다.

피하고자 했지만 너무 늦고 말았다.

푸화학!

갈라테스의 몸은 너무나 쉽게 베여졌다.

"제길!"

상반신과 하반신이 분리되어 각각 떨어지는 갈라테스를 보며 이델은 분한 마음을 가졌다.

지금의 저 힘을 진작 사용했다면 이미 자신은 죽은 목숨이 되었을 게 분명했다. 한마디로 여태까지 제노스는 이쪽을 봐주면서 상대했던 것이었다.

'아직 멀었나. 놈을 어서 막지 않으면 희생될 이들이 더 늘어나고 만다고.'

초조한 마음을 품는 바로 그때, 갑자기 분지의 동서남북에서 빛이 솟아 올라왔다.

'왔다!'

그 빛의 정체에 대해 이델은 너무나 잘 알고 있었다.

이델이 기다리고 또 기다렸던 때가 드디어 찾아온 것이었다.

*　　　*　　　*

세 개의 신물과 한 명의 무녀.

"로이아스시여!"

아직까지 신앙심을 버리지 않은 인간들이 간절함을 담아 기도를 한다.

이들의 기도는 곧 앞에 높인 성물에 영향을 주었고 빛을 내뿜게 했다.

다른 위치에 자리한 성물들도 같은 방식으로 내재된 힘이 끌어 올려졌다. 다만 유일하게 물건이 아닌 사람이 역할을 대행한 곳에는 다른 일이 벌어졌다.

"창천 아래 정명한 순리를 잠시 벗어나려 합니다. 부디 시간의 여신 아루스이시여, 이런 저의 죄를 용서해 주시길 부디 그대의 권능을 내게 하사하소서."

시간의 여신 아루스를 모시는 무녀 알테미아는 금단의 의식을 통해 시간의 틈을 열었다.

협소하긴 하나 알테미아가 있는 장소는 현재의 시간이 아
닌 과거의 시간대에 존재하게 되었다. 이 의식의 성공함에 따
라 아루스의 권능이 일시적으로 시공을 넘어 그 장소에 존재
하게 됐다.

각각의 방위에서 발휘된 신성력은 서로 공명하기 시작했
다. 그러자 분지 전체로 그 힘이 고루 퍼져 나갔다.

"신의 힘을 가진 도구들이 아직도 남아 있었나."

"왜 긴장되나?"

성큼 다가서며 말을 거는 이델에게 제노스는 시선을 돌렸
다.

이델은 아까와 다르게 자신만만한 표정을 보이고 있었다.

"이것이 너희가 준비한 비장의 수단은 아니겠지."

"아니, 이게 우리가 준비한 최후의 카드다."

"흐음, 무슨 생각인지 도통 모르겠네. 이런 힘으로 날 어쩌
지는 못할 텐데."

이해할 수 없다는 듯 제노스는 혼잣말처럼 중얼거렸다.

이런 말을 용케 주워들은 이델은 씩 웃으며 제노스를 보았
다.

"보아하니 완전히 눈치채지 못한 모양이군."

"뭐라고?"

"이곳에 들어선 순간부터 넌 이미 졌다, 마왕!"

말을 꺼낸 직후였다.

갑자기 이델의 몸에서 엄청난 광채가 뿜어져 나왔다.

"큭!"

"이 빛은."

이올라들과 싸우던 어둠의 수호자들은 빛에 놀라 잠시 전투를 멈췄다.

제노스 역시 마기로 자신을 지키며 적잖게 놀라 했다.

섬광은 곧 머잖아 사라졌다. 빛이 사라진 후 이델의 몸에선 분지를 뒤덮은 신성력은 비교도 안 될 어마어마한 신성력이 흘러넘치고 있었다.

'이걸로 됐다.'

아주 찰나였지만 이델은 인간의 신 로이아스와 다시 한 번 접촉할 수 있었다.

이는 지금 일대의 자리하던 마기가 신성력에 의해 소멸되었기에 가능한 일이었다.

찰나의 시간이었지만 이델에겐 수 분의 시간이 주어졌고 그 동안에 로이아스에게서 다시금 감당하기 어려울 정도로 많은 신성력을 전달받을 수가 있었던 것이다.

넘쳐나는 힘을 주체 못하면서 이델은 말했다.

"이제 너와 나의 힘은 동등하다."

"음, 확실히 그래 보이네."

"여유도 지금뿐이다. 이제부터 난 마지막까지 아껴둔 힘을 쓸 거다."

"그거 기대되는데."

조금도 두려워하지 않는 제노스를 보며 이델은 신성력으로 자신의 능력을 한층 끌어올렸다.

몇 배나 강해진 상태에서 이델은 제노스와 격돌했다.

"공파참!"

"이 정도는."

날아든 참격을 제노스는 마력으로 간단히 막아냈다.

이런 그를 향해 곧바로 신성 주문이 작렬했다.

"홀리 스트라이크."

강력한 신성력이 제노스를 타격했다. 하지만 막강한 마력과 마기에 가로막혀 타격은 전혀 주지 못했다.

하지만 이델은 상관없다는 듯이 넘쳐나는 신성력으로 계속 공격했다.

마기와 상극인 신성력으로 된 갖가지 공격들이 날아드는 가운데 제노스는 마기로 그것들을 모두 방어했다.

"나도 앉아서 당할 수는 없지. 인페르노!"

초고열의 화염이 순간 이델을 덮쳤다.

이 순간 이델은 성검에 각인된 주문을 즉각 사용해 몸을 지켰다. 그러나 제노스의 마력은 너무 강했다.

"하앗!"

이델은 본능적으로 공중으로 날아올랐다.

순식간에 점으로밖에 보이지 않을 정도로 높게 올라간 이델은 한숨을 돌렸다.

"휴! 하마터면 죽을 뻔했네."

다급히 치료 주문으로 몸을 회복시키고 이델은 빠르게 하강했다.

전투 중인 가고일과 드래곤 사이를 지나 무서울 정도로 빠르게 내려가며 이델은 기술을 펼쳤다.

"다이빙 드라이브!"

하늘빛 오러에 뒤덮인 이델은 그대로 낙하했다. 잠시 뒤 거대한 굉음과 함께 제노스가 있던 곳의 지면이 붕괴되었다.

그 파괴된 장소의 가운데서 이델과 제노스, 이 둘은 다시 대치했다.

"이것을 정면을 받아내고도 상처 하나 없다니."

"아니, 조금 전의 공격은 통했다."

그 말을 하며 제노스는 자신이 입고 있는 갑주를 눈으로 가리켰다.

충격에 의해 어깨 보호구 한쪽이 부서졌고 곳곳에 금이 가 있는 것을 볼 수 있었다.

"그럼 이번엔 내 차례인가."

"큭!"

순간 제노스의 마기가 하나의 구슬로 응축되는 것이 보였다.

구슬은 빠르게 크기를 키워갔는데 그때마다 그 안에서 느껴지는 힘이 커지는 것을 느낄 수 있었다.

'위험하다.'

위기를 느낀 이델은 몸을 피하기 위해 거리를 벌렸다.

"가라."

제노스는 앞에 놓인 어둠의 구슬을 가볍게 날렸다.

전방으로 천천히 날아가던 어둠의 구슬에서 갑자기 정체불명의 흡입력이 나타났다.

이 흡입력은 곧 주위의 모든 것을 빨아들이기 시작했다.

곧 엄청난 양의 돌들이 구슬 안으로 빨려 들어갔다. 구슬의 크기보다도 수백 배가 넘는 양이 들어갔음에도 구슬의 크기는 변함이 없었다.

"으윽."

이런 식의 공격은 생각 못한 이델은 자신을 빨아들이려는 힘에 대항해 온 몸으로 버텼다.

'크윽! 무슨 힘이 이렇게 강해?'

자꾸만 몸은 앞으로 끌어당겨졌다. 위기감을 느낀 이델은 저 구슬을 파괴하기 위해 성검을 힘껏 휘둘렀다.

구슬을 향해 뇌격을 품은 하늘빛 참격이 날아갔다. 그런데 갑자기 그것이 감쪽같이 사라져 버렸다. 구슬은 그것까지 탐욕스럽게 집어삼킨 것이었다.

흡입력이 영향을 미치는 범위는 점점 넓어져 갔다.

급기야 주변에서 싸우던 자들까지 이것을 피해 달아나기 시작했다.

"파괴도 불가능한데 저것을 어떻게……."

말을 잇던 이델은 순간 멈칫했다. 갑자기 좋은 생각이 떠올랐던 것이다.

자신이 떠올린 생각이 한번 시도해 볼 만한 일임을 깨달은 이델은 흡입력을 피해 공중으로 몸을 힘껏 날렸다.

"블래스트 봄!"

제노스의 주변으로 폭발을 일으키며 이델은 그곳으로 돌격해 들어갔다.

제노스는 폭발에 조금도 영향을 받지 않고 돌격해 온 이델을 상대했다.

"흐아아앗!"

맹렬한 검격을 뿌리며 이델은 제노스를 밀어붙였다.

이 공세에 제노스는 조금씩 뒤로 밀려났다.

"음?"

돌연 뒤에서 끌어당기는 힘을 느낀 제노스는 뒤를 보았다.

그곳엔 그가 만든 어둠의 구슬이 있었다.

"아하! 이러려는 생각이었나."

그 어떤 것을 흡수해 소멸시키는 어둠의 구슬에 자신을 밀어 넣으려는 이델의 계책을 읽은 제노스는 피식 웃었다.

곧 제노스의 걸음은 멈췄다.

'역시 눈치챘나.'

이쪽의 의도를 읽히고 말았다. 그러나 상관없다.

이델은 끊임없이 검을 휘두르며 전진했다. 그러나 제노스는 물러나지 않고 오히려 마법으로 반격까지 해왔다.

푹.

마법이 복부를 관통한다.

고통에 몸이 휘청거렸지만 이델은 버텨냈다.

'지금이다.'

이델은 신성력으로 온 몸을 보호하며 갑자기 제노스의 몸에 달라붙었다.

"무, 무슨."

"함께 가자, 마왕."

이델은 신성력과 반발하는 마기가 전해오는 충격을 겨우 견뎌내며 말했다.

그러면서 동시에 앞으로 밀고 나가기 시작했다.

이델의 의도는 간단했다.

바로 저 뒤에 있는 어둠의 구슬에 제노스와 함께 빨려들어가는 것이었다.

잠시 놀란 표정을 보였던 제노스는 이내 평소처럼 말했다.

"소용없는 짓이다. 내가 손만 쓰면 저것을 없애는 것은 간단하다."

"아아, 그렇겠지. 그럼 한번 해봐."

"뭐라고?"

제노스는 처음으로 당황하는 목소리로 말을 하곤 급히 어둠의 구슬을 다시 본래의 마기로 환원시키려 했다. 그러나 일은 그의 생각대로 되지 않았다.

그걸 본 이델은 씨익 웃었다.

"이런 경우는 처음인가 보지, 응?"

"무슨 짓을 한 거냐."

"간단해. 내가 가진 신성력의 마왕 네가 가진 마기를 일시적으로 억누른 거다. 저건 마기로 된 것이니 마기로 감응하지 않으면 없애지 못할 테지. 안 그런가."

"그걸 어떻게……."

"전에 마왕하고 싸울 때 얻은 경험이지."

이델은 더욱 힘을 주어 버티는 제노스를 앞으로 밀었다.

그 힘과 뒤에서 끌어당기는 흡입력을 버티지 못하고 조금씩 뒤로 밀려나면서 제노스는 긴장된 목소리로 말했다.

"너도 죽는다."

"알고 있어."

이델은 덤덤히 말했다.

죽는 게 억울하긴 하지만 마왕을 함께 데려간다면 그리 나쁜 장사는 아니라고 생각해 내린 결정이다. 이제와 후회할 마음은 없다.

"정말 나랑 같이 죽을 생각이군."

"그래."

말을 하면서 잠시 잠깐 이델은 이올라가 있는 방향을 보았다.

이올라는 이델의 모습을 보며 뭐라 외치고 있었다. 그런 그녀 주변엔 그녀를 막으려는 사람들이 있었다.

'미안. 결국 마지막 약속을 못 지키게 되어버렸네.'

이델은 속으로 이올라에게 사죄를 하였다.

이제는 이델도 흡입력의 영향을 받아 앞으로 끌려갔다.

두 사람이 있는 곳 가까이에서 어둠의 구슬은 여전히 엄청난 흡입력을 발휘하고 있었다.

"이제 끝이다."

"……!"

이델은 마지막 힘을 짜내 제노스를 안고 앞으로 몸을 던졌다. 곧 두 사람은 구슬을 향해 빨려 들어갔다.

　　　　＊　　　　　＊　　　　　＊

　이델은 그 순간에 자신이 죽을 것이라고 생각했다. 그런데 한참이 지나도 의식이 사라지지 않았다.

　뭔가 이상하다고 생각하며 이델은 눈을 떴다.

　"나… 안 죽었나?"

　몸을 더듬어 본 이델은 비로소 자신이 지면 위에 누워 있다는 사실을 깨닫게 되었다.

　대체 어떻게 된 일인지 알 수 없었지만 일단 몸을 일으키고 상처를 치료 주문으로 회복시켰다.

　"이델!"

　갑자기 이올라가 달려와 품에 안겨 왔다.

　순간 이델은 어쩔 줄 몰라 하며 안겨 온 이올라를 보았다.

　"죽는 줄 알았어요."

　"아하하, 미안."

　울음 섞인 말에 이델은 머쓱하게 대답했다.

　대체 어떻게 된 일인지 모르지만 자신이 살아난 것은 분명해 보였다.

　'잠깐, 그럼 마왕은 어떻게 됐지?

　이델은 황급히 이올라를 떼어내며 말했다.

"물러나 있어. 아직 놈과의 싸움은 안 끝났어."

"네?"

눈물을 보이며 이델을 보던 이올라가 갑자기 휘청거렸다. 그녀의 가슴 사이로 검은 마기가 관통하였다.

"이올라!"

쓰러지는 이올라를 황급히 부축하며 이델은 이올라의 이름을 간절하게 불렀다.

"이… 델……."

"말하지 마."

"당신이… 살아서… 다행이에요."

애잔한 목소리로 말한 이올라는 스르륵 눈을 감았다. 정신을 잃은 것 같았다. 이델은 신성력을 모두 쏟아부을 기세로 치료 주문을 펼쳤다. 하지만 너무 큰 상처라 쉽게 치료가 되지 않았다.

"오랜만에 죽음이라는 것을 느낄 수 있었다."

"제노스."

그리 멀지 않은 곳에 제노스가 서 있었다.

입고 있던 갑주는 엉망이 되어 있었고 몸도 꽤 상한 상태로 선 제노스는 평소의 그는 절대 보이지 않던 진득한 살의가 담긴 미소를 보이고 있었다.

'크윽, 대체 어떻게 빠져나온 거지.'

분명 제노스가 임의대로 손을 쓰지 못하게 마기를 억눌렀다. 그런데 상황이 이렇게 된 게 쉬이 이해가 되지 않았다.

이델은 치료를 멈추지 않으면서 제노스를 노려보았다. 그러다 곧 어떤 사실 하나를 알게 되었다.

'제노스의 마기가 크게 줄었다.'

아까와 다르게 현저하게 제노스의 몸에 있는 마기가 줄어든 것을 알아챌 수가 있었다.

비로소 왜 두 사람이 어둠의 구슬에 빨려들어 가지 않았는지 이유를 알 수 있었다.

'그런 거였나.'

빨려들어 가기 직전, 제노스는 자신이 가진 마기를 일순간 방출해 이델의 신성력과 어둠의 구슬 모두를 소멸시켰던 것이다.

결국 목숨을 건 특공은 실패한 것이었다. 아직 싸움이 끝난 게 아니라는 사실을 안 이델은 마음을 다잡았다.

"캐넌!"

이델은 근처에서 익숙한 캐넌의 기척을 느끼곤 그녀의 이름을 불렀다.

이 부름에 캐넌은 단걸음에 달려왔다.

"여기 이올라를 맡아줘. 될 수 있으면 안전한 곳까지 데려다 줘."

"응, 알겠어."

이미 상처는 어느 정도 치료했다. 더 이상 이올라를 이런 위험한 곳에 놔둘 수 없었던 것이다.

캐넌은 재빨리 이올라를 들쳐 엎고 안전한 곳으로 향했다.

이올라를 보낸 이델은 몸을 일으켰다.

"정말이지 끈질기군. 마왕은 다 그런가."

"아까도 그러더니 마치 마왕을 나 말고 또 상대한 것처럼 말하는군."

"글쎄, 어떨까."

자신에 대해 말할 생각은 조금도 없었다.

그리고 지금은 이올라를 다치게 만든 것에 대해 적잖게 분노하고 있었다.

"조금 전의 일로 힘이 많이 떨어진 것 같군."

"확실히 그렇군. 하지만 다시 채우면 그만인 일이야."

제노스는 그리 말하곤 하늘을 향해 한쪽 팔을 들어올렸다.

그 모습을 보며 이델은 제노스가 하려는 일을 눈치챘다.

'어디 한번 해보시지.'

이델은 제노스의 표정이 어떻게 변할지 궁금해하며 잠자코 지켜보았다.

과연 이델의 생각대로 제노스의 표정이 갑자기 급격히 바뀌어졌다. 마음먹기에 따라 전 세계의 마기를 한곳으로 모을 수도 있는 그였다. 그런데 지금 그의 의지에 따라 몸으로 흘러들어오는 마기는 전무했다.

"…이게 어떻게 된 일이지."

"깨달은 게 너무 늦었군. 너무 자신하면 예상치 못한 곳에서 코가 깨지게 마련이지."

"뭐라고?"

"지금 이곳엔 마기가 침범할 수 없다. 왜냐면 이곳은 성역이기 때문이지."

그 말에 제노스는 아까 전의 일을 떠올렸다.

"설마……."

"그래, 바로 맞다."

"이것이 너희의 노림수였던 것인가."

"여기서 결착을 내기 위한 우리의 마지막 카드였다. 이걸로 넌 더 이상 힘을 회복할 수 없다."

이델의 말에 제노스는 분한 표정을 지어 보였다.

마왕이 된 이래 이렇게 완벽하게 궁지에 몰린 적이 없었던 만큼 충격은 클 수밖에 없었다.

"각오해라!"

"어리석군. 내게 30만의 군대가 있다는 것을 잊었나."

"아아, 그들 말인가. 그런데 그들은 왜 이곳으로 들어서지 않을까. 이상하지 않아?"

이 말을 들은 제노스는 협곡 쪽을 보았다.

칠흑의 기사단 이후로 그의 군대는 단 하나도 이 안으로 들어오지 않았다는 사실을 뒤늦게야 눈치챌 수 있었다.

그런 제노스를 보며 이델은 말했다.

"지금 그들은 밖에서 우리 저항군과 전투를 벌이고 있겠지."

"……."

이델의 말은 사실이었다.

"적이 협곡 안으로 들어가지 못하게 막아야 한다."

"와아아아!"

군터가 이끄는 10만의 병력은 마왕군을 상대로 치열하게 싸웠다.

모든 면에서 월등한 마왕군이었지만 지형의 유리함을 등에 업고 악착같이 목숨 걸고 싸우는 저항군을 상대로 상당히 애를 먹었다.

이런 사정으로 30만이라는 대군은 제노스에게 도움이 되지 못했다.

"그리고 이곳에 있는 모두가 나를 지켜주고 있다."

이델은 어둠의 수호자들과 칠흑의 기사단을 막아주는 동료들에 대해서도 말을 아끼지 않았다.

지금 이들은 이델이 마왕과 전력으로 싸울 수 있게끔 최선을 다하고 있었다. 자신의 목숨을 버려가면서까지 싸우는 그들이 있기에 다른 데는 신경 쓰지 않고 싸울 수가 있었던 것이다.

"준비를 철저히 했군."

"이 뒤는 없다고 생각하고 준비를 했으니깐."

"하, 하하."

제노스는 가볍게 웃더니 얼굴을 한 손으로 가렸다.

그와 동시에 제노스의 몸에서 남아 있는 마기가 거세게 뿜어져 나왔다.

"죽여 버리겠다."

마기의 마성이 드러나면서 제노스는 흉폭하게 돌변했다.

거친 마기의 일격이 날아들고 이델은 그것을 피해 몸을 날려야 했다.

'마지막 싸움이다. 나도 마지막 밑천까지 드러낸다.'

이델은 성검을 양손으로 잡으며 기사의 예를 취하였다.

"성검에 잠든 힘이여, 깨어나라."

본래 성검에 존재하던 대신 아르마의 힘이 이델의 의지에 의해 일깨워졌다.

순간 성검의 권능에 이델이 가진 모든 힘이 모여들었다.

이델의 몸은 새하얗게 백열되었다. 그것은 시커먼 어둠에 뒤덮인 제노스와 대비되는 모습이었다.

이델은 성검을 앞으로 겨누며 단호히 말했다.

"자, 결착을 짓자."

*   *   *

이제 이델은 승부를 내기 위해 아껴둔 마지막 비책까지 끌어다 썼다.

'내가 버틸 수 있는 건 앞으로 2분뿐이다.'

아르마의 권능으로 몸 안의 기운은 하나가 되었다.

합쳐진 힘은 종전의 몇 배에 달하였다. 그러나 이것은 영구히 지속되는 게 아니었다.

신이 내린 힘이 아닌 말 그대로 신의 힘 그 자체를 다루는 것이기 때문에 오래 유지하며 이델 자신에게도 치명적인 상황이 오고 말 것이었다.

만약 이것까지 실패한다면 제노스를 없애기 위해 마지막 수단을 써야 했다.

'이 분지 전체를 날려 버릴 수 있는 강력한 폭탄. 그것을 쓴다면 이곳에 있는 모두가 죽게 된다.'

연금술사들과 마법사들이 합심해 완성한 마법 폭탄의 위력은 이곳 일대를 흔적도 없이 날려 보낼 정도의 위력이라고 군터는 알려주었다.

그것을 작동시킬 수 있는 건 오직 이델 한 사람뿐이었다.

 혼자만 떠안고 간다면 기꺼이 사용하겠지만 이곳엔 이올라를 비롯한 소중한 사람들이 있다. 그러하기에 그것을 쓰고 싶은 마음은 조금도 없었다.

 '어떻게든 내 손으로 쓰러뜨린다.'

 마음속으로 결심하며 이델은 일격을 날릴 준비를 끝냈다.

 "하아앗!"

 어둠의 검과 빛의 검이 맞부딪치면서 충격파를 퍼트린다. 그것을 견디며 이델은 손을 앞으로 내밀어 빛의 광선을 날렸다.

 콰아앙!

 대폭발과 함께 깎아질 듯한 절벽이 와르르 무너져 내렸다.

 "죽어라!"

 제노스 역시 마기로 이뤄진 광선을 뿜어내 이델을 공격했다.

 이를 가까스로 피해내며 이델은 제노스와 다시 충돌했다.

 주르륵.

 "크윽."

 힘이 꽤 줄었는데도 제노스는 좀처럼 쓰러지지 않았다.

 벌써 1분이라는 시간이 흘러 버렸다. 이대로 있으면 먼저 쓰러지는 것은 이델이 되고 말 것이었다.

이델은 이 순간 결심하지 않을 수 없었다.

'일격, 일격에 결착을 짓는다.'

이델은 제노스와의 승부를 단 한 번의 일격을 끝낼 마음을 먹었다.

"받아랏!"

이델은 작지만 숫자가 많은 공격을 동시다발로 쏟아낸 다음 일부러 거리를 벌렸다.

그런 다음 이델은 심호흡을 가다듬고 성검에 힘을 집중시켰다.

'한 번밖에 기회는 없다. 이것에 내 모든 것을 건다.'

이기기 위해 이델은 모든 것을 성검에 걸었다.

이때, 제노스는 그런 이델을 발견했다.

"무슨 수작인지 모르지만 그전에 죽여주마."

난폭하게 외친 제노스는 엄청난 속도로 달려왔다.

그것을 보고도 이델은 정신을 온전히 검에 집중했다. 그러자 성검에 거대한 거력이 모여들었다.

'부탁한다!'

이델은 성검을 든 자세로 나지막하게 말하였다.

"천공의 심판."

그 순간! 거대한 빛이 이델에게서 빠져나와 하늘로 솟구쳤다.

"몸이 비었다."

"훗."

무방비의 상태에서 이델은 자신에게 달려오는 제노스를 보았다.

제노스는 자신을 향해 알 수 없는 미소를 보이는 이델을 암흑의 검을 휘두르려 했다.

쿠우웅.

갑자기 하늘에서 심상치 않은 소리가 들려왔다. 그러더니 갑자기 구름이 걷히고 거대한 빛이 기둥이 되어 떨어져 내렸다.

마치 하늘이 열리고 신이 심판을 내리는 것같이 보였다.

"크아아아악!"

기둥의 아래에 있던 제노스는 항거할 수 없는 거대한 힘에 비명을 지르며 고통스러워했다.

"마왕님!"

어둠의 수호자들은 한쪽 무릎을 꿇으며 괴로워하는 제노스를 구하려고 했다.

"어림없다!"

하프만은 달려가던 어둠의 수호자들을 패대기쳤다.

그뿐만이 아니라 다른 이들도 몸을 던져가며 그들을 가로막았다.

"이렇게…끝날 수는 없어……."

"끝날 거다, 이제."

하늘에서 내려오는 힘에 저항하며 버티는 제노스를 향해 이델을 다가갔다. 기둥 안에 발을 디뎠지만 이델은 아무렇지도 않은 모습이었다. 걸음을 또다시 옮긴 그는 천천히 검을 앞으로 찔러갔다.

푸욱.

성검은 아주 쉽게 제노스의 가슴을 파고들어 갔다.

"컥… 커억."

"제아무리 마왕이라도 심장이 파괴되면 살 수 없지."

이델은 제노스를 부축하며 속삭이듯 말하였다.

운명을 거스른 최초의 마왕인 제노스는 잠시 입을 달싹였다. 하지만 목소리는 흘러나오지 않았다. 곧 스르륵 미끄러지듯 그는 바닥으로 쓰러졌다.

300여 년간 세계의 지배자로 군림한 자의 최후였다.

"이럴 수가……."

"해치웠다?"

마족과 저항군 모두가 쓰러진 마왕 제노스에게서 눈을 떼지 못했다.

그런 상황에서 이델 한 줄기 빛을 받으며 성검을 높게 치켜올렸다. 그리곤 소리쳤다.

"용사 이델, 마왕을 쓰러뜨렸다!"

이 외침은 이 전쟁의 끝을 알리는 선언이자 새로운 시대를 알리는 신호가 되었다.

에필로그

마왕과의 최종 결전이 끝난 지 만 1년이 흘렀다.

"으갸갸각."

"좀 참아요."

"미, 미안."

이델은 상처를 치료해 주는 이올라를 보며 머쓱하게 대답했다.

주변에는 막 농장에서 탈출한 노예들이 잔뜩 있었다.

"이번 작전은 성공리에 끝나서 다행이야."

"아직 안심하긴 일러요."

"그야 그렇지."

마왕을 쓰러뜨리고 마왕군을 패주시켰지만 그 뒤를 달라진 것은 별로 없었다.

암흑 제국은 마왕이 죽었음에도 건재했고 인간족과 빛의 종족은 여전히 노예 신분으로 살아가고 있다. 그리고 세상에 남겨진 마기 역시 아직 남아 있어 신들의 영향력은 아직 미미할 뿐이었다.

그런 까닭에 저항군들은 오늘까지도 열심히 암흑 제국과 싸워가며 노예 해방에 힘쓰고 있는 중이다.

"용사님."

"저분이 용사님?"

해방된 사람들은 이델을 신기한 듯 쳐다보았다.

이제 모르는 사람이 없다 할 정도로 이델은 유명인이 되었다. 덕분에 암흑 제국은 그의 목에 최고 현상금까지 내걸었다.

이델은 사람들에게 손을 흔들고는 이올라를 보았다. 그리고는 슬며시 이올라의 손을 잡았다.

잠시 움찔했지만 이올라는 손을 빼지 않았다.

그렇게 나름 좋은 분위기를 연출하는데 대원 한 명이 급히 달려왔다.

"큰일 났습니다."

"무슨 일인가요."

이델의 손에서 자신 손을 얼른 빼며 이올라는 대원을 보고 물었다.

"칠흑의 기사단이 나타났습니다."

"뭐라고? 그들은 반란 세력과의 전쟁에 투입된 게 아니었나?'

키마이라 마법 전투단과 다크 스피리트 로드 루안이 일으킨 반란을 진압하기 위해 다르나로스를 떠날 것으로 알려진 칠흑의 기사단이 온다는 사실에 이델은 긴장을 하였다.

"서둘러 이들을 피신시켜야겠어요."

"그래야지. 이올라가 이들을 데리고 먼저 피해."

"그럼 이델 당신은?'

"알잖아. 용사인 내가 할 일은 힘없는 사람들을 지키는 일이야."

"알겠어요. 꼭 무사히 돌아오셔야 돼요."

"물론."

이델은 자신 있게 대답하며 씨익 웃었다. 이올라가 사람들을 데리고 떠나고 이델은 함께 전사들과 칠흑의 기사단을 기다렸다.

마침 달이 지고 태양이 떠오르고 있었다.

"태양인가."

예전 이 시대에 처음 눈을 떴을 때 본 태양은 칙칙하기 그지없었다. 하지만 지금은 달랐다.

조금이긴 하지만 태양은 본연의 빛을 내뿜기 시작한 것이었다.

그것은 곧 다시 세계가 원래대로 돌아가고 있다는 것을 알려주는 전조와도 같았다.

두두두두두.

웅장한 말발굽 소리가 어느새 가까워졌다.

이델은 미소를 거두고 진지한 자세로 성검을 뽑아 들었다.

'아직 내 싸움은 끝나지 않았다.'

평화를 되찾는 그날이 오기 전까지 이델은 끝까지 싸우리라 다짐하며 성검을 힘껏 뽑아 들었다.

『천년용사』 완

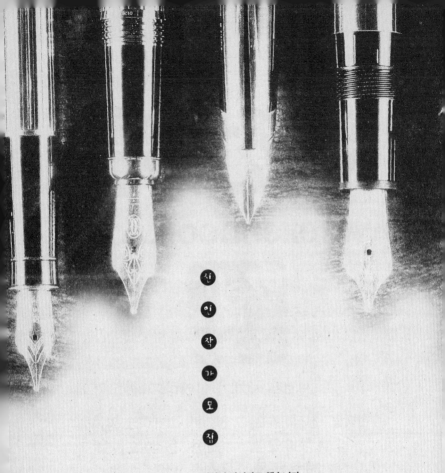

신
인
작
가
모
집

시작이 반이라고 했습니다.
작가의 길에 대한 보이지 않는 벽을 과감히 깨뜨리십시오!
청어람은 작가 지망생 여러분들의
멋진 방향타가 되어드리겠습니다.

저희 도서출판 청어람에서는
소설 신인 작가분들을 모집합니다.
판타지와 무협을 사랑하시는 분들의 많은 참여를 바랍니다.
소정의 원고(A4용지 150매)를 메일이나 우편으로 보내주시면
검토 후 출판 여부를 알려드리겠습니다.

주소·경기도 부천시 원미구 심곡2동 163-2 서경B/D 2F 우편번호 420-822
TEL:032-656-4452 · **FAX**:032-656-4453
http://**www.chungeoram.com**
e-mail:chungeoram@chungeoram.com

李 捕頭
이포두

노주일 新무협 장편소설

FANTASTIC ORIENTAL HEROES

청어람이 발굴한 신인 「노주일」
그가 선사하는 즐거운 이야기!

내 나이 방년 스물셋. 대륙을 휘몰아치는 전쟁에서
간신히 살아남아 고향으로 돌아왔다.
사실 전쟁은 이미 이기고 지는 건 문제도 아니었다.
단지 전후 협상만이 탁상공론으로 오고 갔을 뿐.
하지만 전쟁터에서는 항시 사람이 죽어 나갔다.
이유도 알지 못한 채 그냥.
그러던 차에 전후 협상처리가 되고 나서 전역했다.
그리고는 곧장 뒤도 돌아보지 않고 고향으로!

『이포두』
내 가족과 내 친구가 있는 곳으로!

Book Publishing CHUNGEORAM

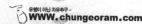

유행이 아닌 자유추구 -
WWW.chungeoram.com

FANTASTIC ORIENTAL HEROES

용훈 新무협 판타지 소설

무림공적, 천살마군 염세악!
검신 한호에게 잡혀 화산에 갇힌 지 백 년.

와신상담… 절치부심… 복수무한…

세월은 이 모든 것을 잊게 하고
세상마저 그를 잊게 만들었다.
하지만.

"허면 어르신 함자가 어찌 되시는지……"
우연한 만남, 자신도 모르게 튀어나온 원수의 이름.
"그게… 한, 한호일세."

허무함의 끝에서 예기치 않게 꼬인 행로.
화산파 안[in]의 절세마인, 염세악의 선택!

Book Publishing CHUNGEORAM

유림이 아닌 자유추구
WWW.chungeoram.com

FUSION FANTASTIC STORY

월문선 장편 소설

화려한 귀환

머나먼 이계의 끝에서
다시 돌아온 남자의 귀환기!

『화려한 귀환』

장점이라고는 없던 열등생으로 태어나,
학교에서 당하는 괴롭힘을 버티지 못하고
자살이라는 극단적인 선택을 하게 된 남자, 현성.

"돌아왔다…… 원래의 세계로!"

이계에서 죽음을 맞이하게 된 현성은
자신을 죽음으로 내몰았던 현실 세계로 돌아오게 된다!

고된 아픔들, 그리웠던 기억들.
모든 것을 되살리며 이제 다시 태어나리라!

좌절을 딛고 일어나 다시 돌아온
한 남자의 화려한 이야기!
이보다 더 '화려한 귀환'은 없다!

Book Publishing CHUNGEORAM

유행이 아닌 자유추구-
WWW.chungeoram.com